HIJOS DE LA IRA
CHILDREN OF WRATH

Dámaso Alonso

HIJOS DE LA IRA
CHILDREN OF WRATH

a bilingual edition

translation by
Elias L. Rivers

THE JOHNS HOPKINS PRESS
BALTIMORE AND LONDON

Contents

Author's Prologue

Children of Wrath has been interpreted in very different ways, with regard to its meaning and with regard to its origin. I do not know whether or not it is proper for me to give my own interpretation. I ask beforehand for the reader's indulgence. After all, the author can be wrong, like anybody else.

I have often said that *Children of Wrath* is a book of protest written when nobody was protesting in Spain. It is a book of protest and of probing. What does it protest against? Against everything. There is no point in trying to view it as a special protest against certain specific contemporary facts. It is much broader than that. It is a universal, cosmic protest, which of course includes all those other partial wraths. But all of the poet's wrath disappears from time to time in an eddy of tenderness.

We had passed through two events of collective insanity, which had burned up many years of our lives—one of them Spanish and the other international; we had suffered the consequences of both. I wrote *Children of Wrath* while filled with disgust at the "sterile injustice of the world" and totally disillusioned with being human.

The poem is also an attempt to probe into the reality of the world, its essence and its first cause. The author, as a participant in life, loves it intensely; at the same time he hates the monstrous injustice that presides over every act of living. A consequence of this is to consider all life monstrous. But with this usage the word "monstrous" acquires another meaning: life is "monstrous" because it is unintelligible. Each being is a "monster" because it is unintelligible, strange, absurd. (This is the primary meaning that *monstrum* had in Latin.) The poet has done no more than give form to that vague gust of terror which passes through a man whenever he abandons for an instant his practical line of conduct and pauses to consider his radical ignorance of himself and the world.

This dual consideration of the monstrousness of our life, viewed sometimes ethically and sometimes metaphysically, and of our inordinate love for that same life, gives rise to all the shadings and contradictions the reader will find in the poet's various positions with respect to the "first cause." In some poems he loves it most intensely; in others he threatens it or considers it blind, or simply denies its existence. This is the self-contradiction which lies at the heart of the whole work and is precisely what has shaped its poetic thrust.

I cannot forget one particular aspect of the book, even though of slight importance: it was also a literary protest.

From 1939 on there had been predominant in Spain a poetry written in traditional meters and rather limited in its themes. And there was still the prestige of pure poetry; and there was the fungus-like growth of surrealism which—surprisingly enough—rapidly invaded with its sweepings from the cellars of life a great sector of the neat, precise, architectural structures programmed and designed by the Generation of 1927 in its pure poetry.

The central nucleus of poems in *Children of Wrath* manifests, I believe, quite clearly a desire to distance itself from these three predecessors: from "Garcilaso-style" poetry, by cultivating free verse, sometimes very free and irregular; from "pure poetry," by voluntarily including all the "impurities" formerly excluded—excitement, sentimentality at times, exclamations, imprecations, sequential content, every kind of vocabulary, even the most worn out by every-day use (and the literary when needed— why not?). And, at the same time, its distance from "surrealism" was immediately made clear by what it had to express, which is based upon a line of reasoning that is coherent both internally and externally. I was looking for a mode to move the heart and the intelligence of men, and not the ultimate sensibilities of exquisite minorities. I have the greatest respect and, often, admiration for very refined techniques (I think I have given some proof of this). But that is completely different from what impelled me to write *Children of Wrath*. And everyone must write as it comes naturally to him from inside.

DÁMASO ALONSO

Translator's Introduction

DÁMASO ALONSO likes to compare himself not with Don Quixote but with Sancho Panza; he does not claim to be a great idealistic knight but a down-to-earth human being. His poetic masterpiece, *Children of Wrath*, far from being classically aloof and aristocratic, expresses a solidarity with all those who protest against obvious injustice in the universe and in society. It is a book that cries out with anguish and moves us. And yet the art of its poetic language reflects a highly self-conscious person steeped in European culture. Dámaso Alonso is a complex, paradoxical man; against a dark background of Iberian passion play tendencies which are clear, rational, even at times formalistic.

Born in Madrid in 1898, Dámaso Alonso was brought up as an only child in his mother's house; his father died when he was three. He attended the Jesuit school of Chamartín, near the family home on the northern edge of Madrid. To his Jesuit teachers he owes, it would seem, his solid intellectual formation and a radical concern with religious questions; one recalls other students at Jesuit schools, such as Pérez de Ayala, Ortega y Gasset, and James Joyce, whose *Portrait of the Artist as a Young Man* was translated by the young Dámaso. His mother's influence, on the other hand, is evident in certain reflections of traditional Christian piety.

After a prolonged flirtation with the rational clarity of mathematics and engineering, Dámaso Alonso took his first university degree in law. But he quickly abandoned this profession to devote himself, under Menéndez Pidal, to philology, in its widest and most authentic sense—a love for words which sustains him constantly in his reading of literature, in his poetry, in his linguistic, critical, and stylistic studies. In 1921 he published his first small volume of verse, which belongs to the new poetry of a great generation then beginning to take shape (the generation of Lorca, Guillén, Salinas). In 1923 he published, in the *Revista de Filología Española*, his first linguistic note on dialectal words of northern Spain. In 1927, the three hundredth anniversary of Góngora's death, appeared Dámaso's first studies of the great Baroque poet and his famous edition of

The translator is most grateful to Editorial Labor, S.A., for permission to reprint in English a portion of the introduction written for the recent Barcelona edition of *Hijos de la ira* ("Textos Hispánicos Modernos").

the *Soledades*. (The Lorca generation, or Generation of 1927, was now an institution, under the sign of Góngora.) The following year he received his doctorate with a thesis on the evolution of Góngora's syntax, which was expanded and published later under the title of *La lengua poética de Góngora*. In 1929 he married Eulalia Galvarriato, a writer of sensitive fiction. After teaching in Germany, England, and the United States, Dámaso Alonso was awarded a university chair, first in Valencia (1933–39) and then in Madrid (1939–68), where his influence on linguistic and literary studies in Spain has been second to none.

The most significant of his many postwar works of criticism is undoubtedly his 1950 volume of studies in Golden Age poetry and stylistic theory published as *Poesía española: ensayo de métodos y límites estilísticos*. This volume shows him to be a highly sensitive reader, a structural linguist, a critic of genius, and a rigorous analyst of texts—the perfect image of the complete philologian. Shortly after his retirement as university professor in 1968, he assumed the presidency of the Royal Spanish Academy as the successor to his great teacher Don Ramón Menéndez Pidal.

Less well known than his career as a linguist, critic, and teacher is Dámaso Alonso's career as a poet. It began with the volume of poems written between 1918 and 1921, when he was a university student in his early twenties: simple, sensitive scenes captured at the edge of the city of Madrid; the ineffable experience of love and beauty, in which we can feel an influence of Dante's *Vita nuova* and of Juan Ramón Jiménez. This is the "pure" poetry of aesthetically refined emotion against which *Hijos de la ira* came as a violent reaction.

Of the other, relatively few, poems written by Dámaso Alonso before the Civil War, the most ambitious is his elegy "To a Dead Poet" (1935–36), in which he contemplates the relationship between the silence of the dead poet and Spanish culture, which depends upon the poet's voice; between the nostalgic sky of the dead and the noisy earth of the living; between the horror of absolute night and the welcome rest of death. This and other poems written before and after the war were collected and published in an anthological volume entitled *Oscura noticia* (Dark News) and dedicated to two poets who died during the war years: Miguel de Unamuno and Antonio Machado. This marks a highly significant postwar shift from Juan Ramón Jiménez, the "universal Andalusian," to two intensely Castilianized writers with deep roots in the fratricidal earth of Spain. The "darkness" of the volume's title is a reference to the deep intuitions of love, as opposed to the superficial clarity of the intellect. The poet dreams, in the style of Saint John of the Cross, about biblical hinds that gallop wildly searching for the fugitive spring that can quench their thirst for God; but this is an infinitely expanding universe in flight from itself, which will never find its first cause.

Hijos de la ira (*Children of Wrath*) was published in the same year, 1944. Most of these poems were written between 1942 and 1943; the earliest dates from 1932, and others, written between 1944 and 1945, were added to the second edition, published in 1946. This collection, far from being anthological, has an evident unity and coherence of tone and of themes: universal protest (wrath), the probing of "monstrous" reality (love), literary protest. These are the fundamental aspects of the work, made clear in the author's prologue.

Approaching *Children of Wrath* from the viewpoint of literary history, one discovers that it is a sort of palinode: the same man who in 1927 defended the "pure delight in beauty" of Góngora's *Solitudes* now rejects such minoritarian aestheticism by publishing a volume of very personal poetry, overflowing with sentimentalism (formerly considered in bad taste) and autobiographical anecdotes, aimed at communication with the common reader, the great majority of people. Instead of regular meter and sonnets, we find free verse. The vocabulary has been expanded to include "ugly," and even vulgar, words. In this way Dámaso Alonso's new poetry approaches the everyday spoken Spanish of the man in the streets of Madrid.

At the same time, as the poet himself has explained in a famous essay, this is not "rooted" but "uprooted" or rootless poetry: "For others of us the world is a chaos and an anguish, and poetry is a frenzied search for order and anchorage. Yes, others of us are far removed from all harmony and serenity." He is referring here not to a historical distinction between the aestheticism of 1927 and the "vulgarism" of 1944 but to a timeless difference between two types of poet. There are some who have the security of a faith, whether it be in aesthetic values or in human solidarity or in a Christian God. But the "rootless" poets speak of an anguished quest for an elusive or nonexistent security. Here the primary historical influence to be noted is that of Miguel de Unamuno, whose personality and existential position correspond in many ways to those of Dámaso Alonso.

Another historical factor in the genesis of this poetry, a factor which cannot be ignored, is of course Spain's tragic civil war (1936–39), with its murders and atrocities, its hatreds and despairs. For a man as peaceful, nonpolitical, and sensitive as Dámaso Alonso, this incredible recrudescence of subhuman barbarism was a blow that shook him deeply. Formerly it had been possible to have faith in European civilization; now one had to recognize the fragility of human culture, which everywhere (Germany, Russia, Italy, Spain, Asia, America) was giving way to the physical violence of militant "supermen." It was this war, first national and then international, that provided motive and structure for the often desperate protest of the *Children of Wrath*.

This volume is in fact a single orchestral work, the fundamental chord of which is struck by the title itself—the words are those of Saint Paul, who by the intensity of his moral and religious passion was able to fuse the essence of the Old Testament with the nascent spirit of Christianity. The influence of the Bible, especially Psalms and Job, is obvious. In the depth of human misery one sometimes hears the terrible summons of the Lord. The rhythm of the Psalms, heard in the *Confessions* of Saint Augustine, is unmistakably echoed in Dámaso Alonso's free verse. As Auerbach has shown us in his *Mimesis*, the Hebraic vision is a perennial source of anti-Hellenic "realism"; the Bible is a gate through which flows the reality of dialogue between the ordinary human individual and the mysterious voice of the cosmos.

But is *Children of Wrath* a dialogue or a monologue? Sometimes the protagonist finds himself completely alone: he calls on God, and there is no answer. At other times he thinks he hears God's call, but he cannot reply. The whole book is in effect the prolonged monologue of a semi-atheistic psalmist. For one cannot understand God's purpose, that is, the meaning of the cosmos, if in fact it does have some sense of direction. This solitude and abandonment is very clearly expressed in the book's first poem, "Insomnia," in which the protagonist "Dámaso" becomes the spokesman of humanity accusing a silent God.

While in a few poems we have this cosmic, quasi-religious perspective, in most of them the perspective is rather more earth-bound. And the two basic attitudes possible among earthly beings are hatred, or alienation, and love. The protagonist resists hatred with horror. In several poems ferocious images express the irruption of human barbarity into a lost paradise. It is this paradise, related to childhood innocence, that heightens the more odious aspects of human existence. The nostalgically remembered landscape of Eden makes more sharply perceptible the immediate anguish of present existence. The dead too belong to a similar distant world of essences.

But the possibility of love within existence has not been entirely lost. There is a series of poems in which the protagonist explores affective comprehension; here there are even touches of humor. In "Cosa" ("Thing"), for example, an object, a stone perhaps, is personified as "a stubborn little girl," that is as a physical presence which rejects other parts of reality, jealously guarding its own darkly mysterious interiority against the rays of light and the probing concepts of man. In this case love fails. "Voz del árbol" ("The Tree's Voice") begins with what appears to be an attempt to communicate, when the twig of a tree like a baby's hand brushes across the protagonist's face. The tree, occupying a position midway between stone and man on the scale of being, inspires the poet with the beginnings of a pantheistic love. These objects are the "monsters" of Dámaso Alonso's poetic world, in which the human self is a "monster among monsters." This community of monsters, of mysterious individuals, constitutes a remotely possible universe of mutual comprehension.

More positive is the love which the poet finds in the figure of the woman, the mother. While God and his monsters may in fact be impenetrable, as they constantly reject the probing supplications of the protagonist, feminine love is an essential salvation related to the lost paradise of the child. This is the landscape of "La madre," in which the mother too becomes a child, sometimes younger, sometimes older, than her son. She pulls up his pants and helps him blow his nose, as he weeps because he has grown up and left behind the world of his mother, of his childhood. The same feminine figure is invoked in "A la Virgen María," a figure representing a mysterious pantheistic tenderness enclosing the poet like an unborn baby which in its unawareness is nourished by its mother's blood. In the volume's final poem, Dámaso is saved from God's accusations at the Last Judgment by the faithful intervention of his mother and his wife.

This is the world of *Children of Wrath*. It is an essentially unintelligible world (even the self is an awful mystery), in which God exists only as a symbol of the protagonist's desire. And yet in this world there exist things, monadic "monsters," which together with the protagonist constitute a community of desire. If in the world of men there is violence and injustice, causing revulsion and desperation, in this same world of men there are also women—mothers, wives, and little girls—who give freely of their love, an efficacious antidote to hatred. All of these themes are summed up and objectified in the tragic figure of the "Woman with Cruet," a poetic masterpiece placed at the center of *Children of Wrath*, the intimate diary of a man who is our brother.

The publication of this volume in 1944 was, in the words of one critic, "a sort of earthquake that turned the strata of poetry upside down and brought into the light latent layers that no one used to talk about." This was the beginning of authentic poetry in postwar Spain. (The official neoclassical poetry of the Franco regime was buried stillborn.) This new poetry would no doubt have come into existence without Dámaso Alonso's book. But it was he who gave the first cry, one of the most powerful; and it reached the ears of many who had never before discovered in poetry the communication of human anguish. *Hijos de la ira* extended the frontiers of poetry in Spain.

Elias L. Rivers

Children of Wrath
AN INTIMATE DIARY

To Emilio García Gómez
for his friendship: thanks

. . . and we were by nature the
children of wrath, even as others . . .
Ephesians 2:3

Insomnio

Madrid es una ciudad de más de un millón de cadáveres (según las
   últimas estadísticas).
A veces en la noche yo me revuelvo y me incorporo en este nicho en el
   que hace 45 años que me pudro,
y paso largas horas oyendo gemir al huracán, o ladrar los perros, o fluir
   blandamente la luz de la luna.
Y paso largas horas gimiendo como el huracán, ladrando como un perro
   enfurecido, fluyendo como la leche de la ubre caliente de una gran
   vaca amarilla.
Y paso largas horas preguntándole a Dios, preguntándole por qué se pudre
   lentamente mi alma,
por qué se pudren más de un millón de cadáveres en esta ciudad de
   Madrid,
por qué mil millones de cadáveres se pudren lentamente en el mundo.
Dime, ¿qué huerto quieres abonar con nuestra podredumbre?
¿Temes que se te sequen los grandes rosales del día,
las tristes azucenas letales de tus noches?

Insomnia

Madrid is a city of more than one million corpses (according to the
   latest statistics).
At times in the night I turn over and sit up in this niche where for 45
   years I've been rotting away,
and I spend long hours hearing the hurricane moan, or the dogs bark,
   or the moonlight softly flow.
And I spend long hours moaning like the hurricane, barking like an angry
   dog, flowing like milk from the hot udder of a great yellow cow.
And I spend long hours asking God, asking him why my soul is slowly
   rotting away,
why more than a million corpses are rotting away in this city of Madrid,
why a billion corpses are slowly rotting away in the world.
Tell me, what garden do you want to fertilize with our rot?
Are you afraid they'll dry up on you, those great rosebushes of day,
the sad lethal lilies of your nights?

La injusticia

¿De qué sima te yergues, sombra negra?
¿Qué buscas?
           Los oteros,
como lagartos verdes, se asoman a los valles
que se hunden entre nieblas en la infancia del mundo.
Y sestean, abiertos, los rebaños,
mientras la luz palpita, siempre recién creada,
mientras se comba el tiempo, rubio mastín que duerme a las puertas
      de Dios.

Pero tú vienes, mancha lóbrega,
reina de las cavernas, galopante en el cierzo, tras tus corvas pupilas,
      proyectadas
como dos meteoros crecientes de lo oscuro,
cabalgando en las rojas melenas del ocaso,
flagelando las cumbres
con cabellos de sierpes, látigos de granizo.

Llegas,
oquedad devorante de siglos y de mundos,
como una inmensa tumba,
empujada por furias que ahincan sus testuces,
duros chivos erectos, sin oídos, sin ojos,
que la terneza ignoran.

Sí, del abismo llegas,
hosco sol de negruras, llegas siempre,
onda turbia, sin fin, sin fin manante,
contraria del amor, cuando él nacida
en el día primero.

Injustice

From what crevice do you arise, black shadow?
What are you looking for?
                    The hills,
like green lizards, gaze out over the valleys
which are buried in the mists of the world's infancy.
And the scattered flocks drowse in the sun,
while the light throbs, always newly created,
while time bends over, a yellow mastiff sleeping at the gates of God.

But then you show up, a dark blotch,
queen of the caverns, galloping on the northwind, following your
        bulging pupils, which are projected
like two growing meteors of darkness,
riding horseback on the red mane of sunset,
lashing the peaks
with hair made of snakes, whips of hail.

You arrive,
an emptiness devouring centuries and worlds,
like an immense tomb,
driven on by furies which butt with their horned heads,
tough goats erect, without hearing, without vision,
who know not tenderness.

Yes, you arrive from the abyss,
dark sun of blackness, you always arrive,
a muddy wave, endlessly, endlessly surging,
the enemy of love, born along with love
on the first day.

Tú empañas con tu mano
de húmeda noche los cristales tibios
donde al azul se asoma la niñez transparente, cuando
    apenas
era tierna la dicha, se estrenaba la luz,
y pones en la nítida mirada
la primer llama verde
de los turbios pantanos.

Tú amontonas el odio en la charca inverniza
del corazón del viejo,
y azuzas el espanto
de su triste jauría abandonada
que ladra furibunda en el hondón del bosque.

Y van los hombres, desgajados pinos,
del oquedal en llamas, por la barranca abajo,
rebotando en las quiebras,
como teas de sombra, ya lívidas, ya ocres,
como blasfemias que al infierno caen.

...Hoy llegas hasta mí.
He sentido la espina de tus podridos cardos,
el vaho de ponzoña de tu lengua
y el girón de tus alas que arremolina el aire.
El alma era un aullido
y mi carne mortal se helaba hasta los tuétanos.

Hiere, hiere, sembradora del odio:
no ha de saltar el odio, como llama de azufre, de mi herida.
Heme aquí:
soy hombre, como un dios,
soy hombre, dulce niebla, centro cálido,
pasajero bullir de un metal misterioso que irradia la ternura.

You smudge with your hand
of damp night the warm windowpanes
through which transparent childhood looks out at the blue, when
      happiness
was barely tender and light shone for the first time,
and you put into that innocent gaze
the first green flame
of the muddy swamps.

You heap up hatred in the wintry pond
of the old man's heart,
and you whip up the terror
of his sad abandoned pack
which barks madly in the depth of the woods.

And men tumble, uprooted pinetrees,
from the flaming grove down the gully,
bouncing in the hollows,
like torches of darkness, sometimes purple, sometimes ochre,
like blasphemies falling to Hell.

... Today you have reached me.
I have felt the prickle of your rotten thistles,
the poisonous breath of your tongue,
and the flapping of your wings stirring up the air.
My soul was a howl
and my mortal flesh was frozen to the marrow.

Strike, strike, disseminator of hatred;
hatred will not leap, like a sulphur flame, from my wound.
Here I am:
I'm a man, like a god,
I'm a man, a sweet mist, a center of warmth,
an ephemeral throbbing of a mysterious metal radiating tenderness.

Podrás herir la carne
y aun retorcer el alma como un lienzo:
no apagarás la brasa del gran amor que fulge
dentro del corazón,
bestia maldita.

Podrás herir la carne.
No morderás mi corazón,
madre del odio.
Nunca en mi corazón,
reina del mundo.

You can wound flesh
and even wring out one's soul like a piece of cloth;
you shall not put out the flame of immense love which gleams
within the heart,
cursèd beast.

You can wound flesh.
You shall not bite my heart,
mother of hatred.
Never in my heart,
queen of the world.

En el día de los difuntos

¡Oh! ¡No sois profundidad de horror y sueño,
muertos diáfanos, muertos nítidos,
muertos inmortales,
cristalizadas permanencias
de una gloriosa materia diamantina!
¡Oh ideas fidelísimas
a vuestra identidad, vosotros, únicos seres
en quienes cada instante
no es una roja dentellada de tiburón,
un traidor zarpazo de tigre!

¡Ay, yo no soy,
yo no seré
hasta que sea
como vosotros, muertos!
Yo me muero, me muero a cada instante,
perdido de mí mismo,
ausente de mí mismo,
lejano de mí mismo,
cada vez más perdido, más lejano, más ausente.
¡Qué horrible viaje, qué pesadilla sin retorno!
A cada instante mi vida cruza un río,
un nuevo, inmenso río que se vierte
en la desnuda eternidad.
Yo mismo de mí mismo soy barquero,
y a cada instante mi barquero es otro.

On All Souls' Day

No, you are not the depth of horror and slumber,
diaphanous dead, gleaming dead ones,
immortal dead,
crystallized continuations
of a glorious diamantine substance!
Oh ideas most faithful
to your own identity, you, the only beings
for whom each instant
is not a shark's red flashing of fangs,
a tiger's treacherous claw-slash.

Alas, I am not,
I will not be
until I am
like you, dead ones!
I am dying, dying every moment,
lost from myself,
absent from myself,
distant from myself,
more and more lost, distant, absent.
What a terrible journey, what a nightmare without return!
At every moment my life crosses a river,
a new, immense river which pours
into naked eternity.
I am the boatsman of myself,
and at every moment my boatsman is another person.

¡No, no le conozco, no sé quién es aquel niño!
Ni sé siquiera si es un niño o una tenue llama de alcohol
sobre la que el sol y el viento baten.
Y le veo lejano, tan lejano, perdido por el bosque,
furtivamente perseguido por los chacales más carniceros
y por la loba de ojos saltones y pies sigilosos que lo ha de devorar
    por fin,
entretenido con las lagartijas, con las mariposas,
tan lejano,
que siento por él una ternura paternal,
que salta por él mi corazón, de pronto,
como ahora cuando alguno de mis sobrinitos se inclina sobre el estanque
    en mi jardín,
porque sé que en el fondo, entre los peces de colores,
está la muerte.
(¿Me llaman? Alguien con una voz dulcísima me llama. ¿No ha
    pronunciado alguien mi nombre?
No es a ti, no es a ti. Es a aquel niño.
¡Dulce llamada que sonó, y ha muerto!)

Ni sé quién es aquel cruel, aquel monstruoso muchacho,
tendido de través en el umbral de las tabernas,
frenético en las madrugadas por las callejas de las prostitutas,
melancólico como una hiena triste,
pedante argumentista contra ti, mi gran Dios verdadero,
contra ti, que estabas haciendo subir en él la vida
con esa dulce, enardecida ceguedad
con que haces subir en la primavera la savia en los más tiernos arbolitos.

No, I don't know him, I don't know who that little boy is!
I don't even know if it's a boy or a thin alcohol flame
played upon by the sun and the wind.
And I see him far, far away, lost in the woods,
furtively pursued by the most bloodthirsty jackals
and by the she-wolf with bulging eyes and stealthy feet who will finally
      devour him;
playing with the little lizards and the butterflies;
so far away
that I have a tender fatherly feeling for him,
that my heart jumps for him, suddenly,
in the same way now as when one of my little nephews leans over the
      pool in my garden,
for I know that in the bottom, among the goldfish,
there is death.
(Are they calling me? Someone with a very sweet voice is calling me.
      Hasn't someone spoken my name?
No, they're not calling you, not you. It's that little boy.
A sweet call that was heard, and has died away!)

I don't know who he is either, that cruel, that monstrous youth,
lying prone across the doorway of taverns,
rushing madly at dawn down the prostitutes' alleys,
melancholy like a sad hyena,
pedantically arguing against you, my great God of truth,
against you, who were causing life to rise inside him
with that sweet burning blindness
with which you cause sap to rise in springtime inside the tenderest little
      trees.

¡Oh, quitadme, alejadme esa pesadilla grotesca, esa broma soturna!
Sí, alejadme ese tristísimo pedagogo, más o menos ilustre,
ese ridículo y enlevitado señor,
subido sobre una tarima en la mañana de primavera,
con los dedos manchados de la más bella tiza,
ese monstruo, ese jayán pardo,
vesánico estrujador de cerebros juveniles,
dedicado a atornillar purulentos fonemas
en las augustas frentes imperforables
de adolescentes poetas, posados ante él, como estorninos en los alambres
    del telégrafo,
y en las mejillas en flor
de dulces muchachitas con fragancia de narciso,
como nubes rosadas
que leyeran a Pérez y Pérez.

Sí, son fantasmas. Fantasmas: polvo y aire.
No conozco a ese niño, ni a ese joven chacal, ni a ese triste pedagogo
    amarillento.
No los conozco. No sé quiénes son.

Y, ahora,
a los 45 años,
cuando este cuerpo ya me empieza a pesar
como un saco de hierba seca,
he aquí que de pronto
me he levantado del montón de las putrefacciones,
porque la mano de mi Dios me tocó,
porque me ha dicho que cantara:
por eso canto.

Oh get him out of here, take away that grotesque nightmare, that grim
    joke!
Yes, take him away, that sorry pedagogue, more or less distinguished,
that ridiculous man dressed up in a frock coat,
standing up on a platform, on a spring morning,
his fingers all covered with lovely chalk,
that monster, that dark giant,
a mad torturer of juvenile brains,
devoted to nailing putrid phonemes
into the serenely impenetrable foreheads
of adolescent poets, lined up in front of him like blackbirds on a
    telephone wire,
and into the blooming cheeks
of sweet young girls as fragrant as daffodils,
like pink clouds
reading novels by Pérez y Pérez.

Yes, they are ghosts. Ghosts: dust and empty air.
I don't recognize that little boy, or that young jackal, or that sad,
    yellowish pedagogue.
I don't recognize them. I don't know who they are.

And now,
at the age of 45,
when this body of mine is beginning to weigh
like a bag of dry grass,
look, all of a sudden
I have risen up from the heap of putrifactions,
because my God's hand has touched me,
because he has told me to sing;
that's why I'm singing.

Pero, mañana, tal vez hoy, esta noche
(¿cuándo, cuándo, Dios mío?)
he de volver a ser como era antes,
hoja seca, lata vacía, estéril excremento,
materia inerte, piedra rodada del atajo.
Y ya no veo a lo lejos de qué avenidas yertas,
por qué puentes perdidos entre la niebla rojiza,
camina un pobre viejo, un triste saco de hierba que ya empieza a pudrirse,
sosteniendo sobre sus hombros agobiados
la luz pálida de los más turbios atardeceres,
la luz ceniza de sus recuerdos como harapos en fermentación,
vacilante, azotado por la ventisca,
con el alma transida, triste, alborotada y húmeda como una bufanda
        gris que se lleva el viento.

Cuando pienso estas cosas,
cuando contemplo mi triste miseria de larva que aún vive,
me vuelvo a vosotros, criaturas perfectas, seres ungidos
por ese aceite sauve,
de olor empalagosamente dulce, que es la muerte.
Ahora, en la tarde de este sedoso día
en que noviembre incendia mi jardín,
entre la calma, entre la seda lenta
de la amarilla luz filtrada,
luz cedida
por huidizo sol,
que el follaje amarillo
sublima hasta las glorias
del amarillo elemental primero
(cuando aún era un perfume la tristeza),
y en que el aire
es una piscina de amarilla tersura,
turbada sólo por la caída de alguna rara hoja
que en lentas espirales amarillas
augustamente
busca también el tibio seno
de la tierra, donde se ha de pudrir,

But, tomorrow, perhaps today, tonight
(when, when, oh God?)
I'll go back to being as I was before,
a dry leaf, an empty tin can, sterile excrement,
inert matter, a stone that has rolled down the hillside.
And I can no longer see in the distance down what straight avenues,
over what bridges lost in the reddish mist,
trudges a poor old man, a sad bag of grass beginning to rot,
sustaining upon his weary shoulders
the pale light of the grayest sunsets,
the ashen light of his memories, like rotting tatters,
vacillating, whipped by the icy wind,
with his soul pierced, sad, fluttering and damp like a gray scarf swept away
    by the wind.

When I think these things,
when I consider my wretchedness as of a still living larva,
I turn toward you, perfect creatures, beings anointed
by that smooth oil,
with a cloyingly sweet odor, which is death.
Now, on the afternoon of this silken day
when November sets my garden on fire,
in the midst of the calm, the slow silk
of filtered yellow light,
a light yielded
by a skittish sun,
which the yellow foliage
sublimates to the glorious heights
of the elemental yellow which first existed
(when sadness was still a perfume),
and when the air
is a pool of terse yellowness,
stirred only by the falling of an occasional leaf
which in slow yellow spirals
serenely
seeks also the warm bosom
of earth, where it is to rot,

ahora, medito a solas con la amarilla luz,
y, ausente, miro tanto y tanto huerto
donde piadosamente os han sembrado
con esperanza de cosecha inmortal.
Hoy la enlutada fila, la fila interminable
de parientes, de amigos,
os lleva flores, os enciende candelicas.

Ah, por fin recuerdan que un día súbitamente el viento
golpeó enfurecido las ventanas de su casa,
que a veces, a altas horas en el camino
brillan entre los árboles ojos fosforescentes,
que nacen en sórdidas alcobas
niños ciclanes, de cinco brazos y con pezuñas de camella,
que hay un ocre terror en la medula de sus almas,
que al lado de sus vidas hay abiertos unos inmensos pozos, unos
      alucinantes vacíos,
y aquí vienen hoy a evocaros, a aplacaros.

¡Ah, por fin, por fin se han acordado de vosotros!
Ellos querrían haceros hoy vivir, haceros revivir en el recuerdo,
haceros participar de su charla, gozar de su merienda y compartir su bota.
(Ah, sí, y a veces cuelgan
del monumento de una "fealdad casi lúbrica",
la amarillenta foto de un señor,
bigote lacio, pantalones desplanchados, gran cadena colgante sobre el
      hinchado abdomen).
Ellos querrían ayudaros, salvaros,
convertir en vida, en cambio, en flujo, vuestra helada mudez.
Ah, pero vosotros no podéis vivir, vosotros no vivís: vosotros sois.
Igual que Dios, que no vive, que es: igual que Dios.
Sólo allí donde hay muerte puede existir la vida,
oh muertos inmortales.

now, I meditate alone with the yellow light,
and in my imagination I see many and many a field
where they have piously planted you
in hopes of an immortal harvest.
Today the mourning-clothed line, the interminable line
of relatives, of friends,
takes you flowers, lights little candles for you.

Ah, at last they remember that one day suddenly the wind
beat furiously upon the windows of their house,
that at times late at night on the road
phosphorescent eyes gleam among the trees,
that there are born in sordid bedrooms
babies with one testicle, five arms, and camel-hooves,
that there is a dark brown terror in the marrow of their souls,
that alongside their lives lie immense open wells, maddening emptinesses,
and so they come here today to evoke you, to placate you.

Ah, at last, at last they've remembered you!
They would like to make you live today, to make you relive in their
        memories,
to make you take part in their conversation, enjoy their picnic lunch and
        share their wine.
(And, yes, sometimes they hang
upon the tombstone, of an "almost obscene ugliness,"
the yellowish snapshot of a gentleman,
droopy mustache, unpressed trousers, great chain hanging over his
        bloated belly.)
They would like to help you, to save you,
to convert into life, into change, into flux, your frozen muteness.
Ah, but you cannot live, you do not live: you are.
The same as God, who does not live, who is: the same as God.
Only there where there is death can life exist,
oh immortal dead.

Oh, nunca os pensaré, hermanos, padre, amigos, con nuestra carne
    humana, en nuestra diaria servidumbre,
en hábito o en afición semejantes
a las de vuestros tristes días de crisálidas.
No, no. Yo os pienso luces bellas, luceros,
fijas constelaciones
de un cielo inmenso donde cada minuto,
innumerables lucernas se iluminan.

Oh bellas luces,
proyectad vuestra serena irradiación
sobre los tristes que vivimos.
Oh gloriosa luz, oh ilustre permanencia.
Oh inviolables mares sin tornado,
sin marea, sin dulce evaporación,
dentro de otro universal océano de la calma.
Oh virginales notas únicas, indefinidamente prolongadas, sin variación,
    sin aire, sin eco.
Oh ideas purísimas dentro de la mente invariable de Dios.

Ah, nosotros somos un horror de salas interiores en cavernas sin fin,
una agonía de enterrados que se despiertan a la media noche,
un fluir subterráneo, una pesadilla de agua negra por entre minas de
    carbón,
de triste agua, surcada por las más tórpidas lampreas,
nosotros somos un vaho de muerte,
un lúgubre concierto de lejanísimos cárabos, de agoreras zumayas, de los
    más secretos autillos.
Nosotros somos como horrendas ciudades que hubieran siempre vivido
    en *black-out*,
siempre desgarradas por los aullidos súbitos de la sirenas fatídicas.
Nosotros somos una masa fungácea y tentacular, que avanza en la
    tiniebla a horrendos tentones,
monstruosas, tristes, enlutadas amebas.

Oh I will never think of you, brothers, father, friends, as having our
        human flesh, in our daily servitude,
with habits or inclinations similar
to those of your sad days as chrysalises.
No, no. I think of you as lovely lights, as stars,
fixed constellations
in an immense heaven where at every minute
innumerable lamps are lit.

Oh lovely lights,
project your serene radiation
upon those of us who sadly live.
Oh glorious light, luminous permanence.
Oh stormless seas inviolate,
without tides, without gentle evaporation,
within another universal ocean of calm.
Oh single virginal notes, indefinitely prolonged, without variation,
        without air, without echo.
Oh ideas most pure within the unchanging mind of God.

But we are awful inner chambers in endless caverns,
the death throes of buried men who wake in the middle of the night,
a subterranean oozing, a nightmare of black water deep down in coal
        mines,
of sad water plowed by the most torpid lampreys,
we are a warm gust of death,
a lugubrious concert given by faraway hoot owls, ominous whippoorwills,
        most elusive horned owls.
We are like horrible cities that have always been under a blackout,
always torn by the sudden wailings of fateful sirens.
We are a mass of fungi and tentacles, advancing in the darkness, feeling
        our way along horribly,
monstrous sad amoebas dressed in mourning.

¡Oh norma, oh cielo, oh rigor,
oh esplendor fijo!
¡Cante, pues, la jubilosa llama, canten el pífano y la tuba
vuestras epifanías cándidas,
presencias que alentáis mi esfuerzo amargo!
¡Canten, sí, canten,
vuestra gloria de ser!
                    Quede a nosotros
turbio vivir, terror nocturno,
angustia de las horas.

¡Canten, canten la trompa y el timbal!
Vosotros sois los despiertos, los diáfanos,
los fijos.
Nosotros somos un turbión de arena,
nosotros somos médanos en la playa,
que hacen rodar los vientos y las olas,
nosotros, sí, los que estamos cansados,
nosotros, sí, los que tenemos sueño.

Oh norm, oh heaven, oh rigor,
oh fixed splendor!
Let, then, the jubilant flame sing, let the fife and the tuba sing
your candid epiphanies,
you presences which encourage my bitter struggle!
Let them sing, yes, sing
your glory in being!
                    Let us be left with
muddy living, nocturnal terror,
the anguish of the hours.

Sing, let the trumpet sing and the timbal!
You are the ones who are awake, diaphanous,
immovable.
We are a whirlwind of sand,
we are dunes on the beach,
tumbled by the winds and the waves,
we, yes, we the tired ones,
we, yes, we the sleepy ones.

Voz del árbol

¿Qué me quiere tu mano?
¿Qué deseas de mí, dime, árbol mío?
...Te impulsaba la brisa: pero el gesto
era tuyo, era tuyo.

Como el niño, cuajado de ternura
que le brota en la entraña y que no sabe
expresar, lentamente, tristemente
me pasaste la mano por el rostro,
me acarició tu rama.
¡Qué suavidad había
en el roce! ¡cuán tersa
debe de ser tu voz! ¿Qué me preguntas?
Di, ¿qué me quieres, árbol, árbol mío?

La terca piedra estéril,
concentrada en su luto
— frenética mudez o grito inmóvil —,
expresa duramente,
llega a decir su duelo
a fuerza de silencio atesorado.

El hombre
— oh agorero croar, oh aullido inútil —
es voz en viento: sólo voz en aire.
Nunca el viento y la mar oirán sus quejas.
Ay, nunca el cielo entenderá su grito;
nunca, nunca, los hombres.

The Tree's Voice

What does your hand want of me?
What do you desire of me, tell me, my tree?
. . . It was the breeze moving you; but the gesture
belonged to you, belonged to you.

Like the baby, filled with a tenderness
which swells within its heart, and which it doesn't know
how to express, slowly, sadly
you passed your hand over my face,
your branch caressed me.
What gentleness there was
in that touch! How pure
your voice must be! What are you asking me?
Tell me, what do you want of me, tree, my tree?

The stubborn, sterile stone,
wrapped up in its mourning
— wild silence or frozen cry —
expresses by its hardness,
manages to tell its grief
by force of stored-up silence.

Man
— Oh ominous croak, oh useless wail! —
is a voice on the wind: a mere voice in the air.
The wind and the sea will never hear his complaints.
Alas, the sky will never understand his cry;
never, never, men.

Entre el hombre y la roca,
¡con qué melancolía
sabes comunicarme tu tristeza,
árbol, tú, triste y bueno, tú el más hondo,
el más oscuro de los seres! ¡Torpe
condensación soturna
de tenebrosos jugos minerales,
materia en suave hervor lento, cerrada
en voluntad de ser, donde lo inerte
con ardua afinidad de fuerzas sube
a total frenesí! ¡Tú, genio, furia,
expresión de la tierra dolorida,
que te eriges, agudo, contra el cielo,
como un ay, como llama,
como un clamor! Al fin monstruo con brazos,
garras y cabellera:
¡oh suave, triste, dulce monstruo verde,
tan verdemente pensativo,
con hondura de tiempo,
con silencio de Dios!

No sé qué altas señales
lejanas, de un amor triste y difuso,
de un gran amor de nieblas y luceros,
traer querría tu ramita verde
que, con el viento, ahora
me está rozando el rostro.
Yo ignoro su mensaje
profundo. La he cogido, la he besado.
(Un largo beso).
                    ¡Mas no sé qué quieres
decirme!

Between man and rock,
in how melancholy a way
are you able to communicate your sadness to me,
you, tree, sad and good, the deepest,
the darkest of beings! Sluggish
grim condensation
of dark mineral juices,
matter slowly, gently boiling, enclosed
within a will to be, in which inert substance
with arduous affinity of forces rises
to a total frenzy! Genius, fury,
an expression of the earth's pains,
you arise sharply against the sky,
like a wail, like a flame,
like a shout! A monster, in sum, having arms,
claws, and hair:
oh gentle, sad, sweet monster of green,
so greenly pensive,
with the depth of time,
with the silence of God!

I don't know what high and distant
signs, of a sad, diffuse love,
of a great love of mists and stars,
your little green branch would like to convey,
the branch which, with the wind, is now
brushing my face.
I don't know its deep
message. I have grasped it, I have kissed it.
(A long kiss.)
                But I don't know what you want
to tell me!

Preparativos de viaje

Unos
se van quedando estupefactos,
mirando sin avidez, estúpidamente, más allá, cada vez más allá,
hacia la otra ladera.

Otros
voltean la cabeza a un lado y otro lado,
sí, la pobre cabeza, aún no vencida,
casi
con gesto de dominio,
como si no quisieran perder la última página de un libro de aventuras,
casi con gesto de desprecio,
cual si quisieran
volver con despectiva indiferencia las espaldas
a una cosa apenas si entrevista,
mas que no va con ellos.

Hay algunos
que agitan con angustia los brazos por fuera del embozo,
cual si en torno a sus sienes espantaran tozudos moscardones azules,
o cual si bracearan en un agua densa, poblada de invisibles medusas.

Otros maldicen a Dios,
escupen al Dios que les hizo,
y las cuerdas heridas de sus chillidos acres
atraviesan como una pesadilla las salas insomnes del hospital,
hacen oscilar como un viento sutil
las alas de las tocas
y cortan el torpe vaho del cloroformo.

Getting Ready for a Journey

Some of them
gradually become stupified,
gazing without eagerness, stupidly, far away, farther and farther away,
toward the other slope.

Others
violently move their heads from side to side,
yes, their poor heads, still not overcome,
almost
with a gesture of command,
as if they didn't want to miss the last page of an adventure story,
almost with a gesture of scorn,
as if they wanted
to turn with scornful indifference their backs
upon something they barely perceive,
but which has nothing to do with them.

There are some
who anxiously thrash their arms about outside the folded sheet
as if from around their temples they were trying to scare away big blue-
    bottle flies,
or as if they were moving their arms in a dense water filled with invisible
    jellyfish.

Others curse God,
spit upon the God that made them,
and the broken strings of their acrid screams
pass through the sleepless hospital rooms like a nightmare;
like a subtle wind they shake
the wimples on the sisters' heads
and cut through the sluggish breath of chloroform.

Algunos llaman con débil voz
a sus madres,
las pobres madres, las dulces madres
entre cuyas costillas hace ya muchos años que se pudren las tablas
del ataúd.

Y es muy frecuente
que el moribundo hable de viajes largos,
de viajes por transparentes mares azules, por archipiélagos remotos,
y que se quiera arrojar del lecho
porque va a partir el tren, porque ya zarpa el barco.
(Y entonces se les hiela el alma
a aquellos que rodean al enfermo. Porque comprenden).

Y hay algunos, felices,
que pasan de un sueño rosado, de un sueño dulce, tibio y dulce,
al sueño largo y frío.

Ay, era ese engañoso sueño,
cuando la madre, el hijo, la hermana
han salido con enorme emoción, sonriendo, temblando, llorando,
han salido de puntillas,
para decir: "¡Duerme tranquilo, parece que duerme muy bien!"
Pero, no: no era eso.

...Oh, sí; las madres lo saben muy bien: cada niño se duerme de una
manera distinta...

Pero todos, todos se quedan
con los ojos abiertos.
Ojos abiertos, desmesurados en el espanto último,
ojos en guiño, como una soturna broma, como una mueca ante un
panorama grotesco,
ojos casi cerrados, que miran por fisura, por un trocito de arco, por el
segmento inferior de las pupilas.

Some with a weak voice call
upon their mothers,
the poor mothers, the sweet mothers
between whose ribs for many years now the boards of the coffin have
    been rotting.

And very frequently
the dying man speaks of long journeys,
of voyages through transparent blue seas, through remote archipelagoes,
and he wants to throw himself out of bed
because the train is going to leave, because the ship is sailing.
(And at that point a chill strikes the hearts
of those who surround the sick man. Because they understand.)

And there are some fortunate ones
who pass from a rosy sleep, from a sweet sleep, warm and sweet,
into the sleep that is long and cold.

Alas, that was the deceptive sleep
when the mother, the son, the sister
come out enormously moved, smiling, trembling, weeping,
come out on tiptoe
and say: "He's sleeping peacefully, he seems to be sleeping very well!"
But no: it wasn't that.

. . . Oh yes, mothers know it very well: each child goes to sleep in a
    different way . . .

But all of them, all of them end up
with their eyes open.
Eyes open, wide open at the final fright,
eyes leering, like a grim joke, like a funny face made before a grotesque
    panorama,
eyes almost closed, gazing through a slit, through a tiny piece of the iris,
    the lower segment of the pupils.

No hay mirada más triste.
Sí, no hay mirada más profunda ni más triste.

Ah, muertos, muertos, ¿qué habéis visto
en la esquinada cruel, en el terrible momento del tránsito?
Ah, ¿qué habéis visto en ese instante del encontronazo con el camión
    gris de la muerte?
No sé si cielos lejanísimos de desvaídas estrellas, de lentos cometas
    solitarios hacia la torpe nebulosa inicial,
no sé si un infinito de nieves, donde hay un rastro de sangre, una huella
    de sangre inacabable,
ni si el frenético color de una inmensa orquesta convulsa cuando se
    descuajan los orbes,
ni si acaso la gran violeta que esparció por el mundo la tristeza como
    un largo perfume de enero,
ay, no sé si habéis visto los ojos profundos, la faz impenetrable.

Ah, Dios mío, Dios mío, ¿qué han visto un instante esos ojos que se
    quedaron abiertos?

There is no sadder gaze.
Yes, there is no deeper or sadder gaze.

Oh you, the dead, what did you see
at the cruel turning of the corner, at the terrible moment of transition?
Oh what did you see at that moment of collision with the gray truck of
    death?
I don't know whether it was very distant skies of faded stars, of slow
    solitary comets near the first sluggish nebula,
or perhaps an infinity of snow, in which there is a spoor of blood, an
    endless trail of blood,
or the wild colors of an immense orchestra in convulsions when the worlds
    fall to pieces,
or perchance the huge violet that spread throughout the world a sadness
    like a prolonged January perfume,
or whether, alas, you have seen the deep eyes, the impenetrable face.

Oh God, my God, what did they catch a glimpse of, those eyes that
    stayed open?

Cosa

Rompes... el ondear del aire.
J. R. JIMÉNEZ

¡Ay, terca niña!
Le dices que no al viento,
a la niebla y al agua:
rajas el viento,
partes la niebla,
hiendes el agua.

Te niegas a la luz profundamente:
la rechazas,
ya teñida de ti: verde, amarilla,
— vencida ya — gris, roja, plata.

Y celas de la noche,
la ardua
noche de horror de tus entrañas sordas.

Cuando la mano intenta poseerte,
siente la piel tus límites:
la muralla, la cava
de tu enemiga fe, siempre en alerta.

Nombre te puse, te marcó mi hierro:
"cáliz", "brida", "clavel", "cenefa", "pluma"...
(Era tu sombra lo que aprisionaba).

Al interior sentido
convoqué contra ti.
                    Y, oh burladora,
te deshiciste en forma y en color,
en peso o en fragancia.
¡Nunca tú: tú, caudal, tú, inaprensible!

Thing

You break through ... the waves of air.
J. R. JIMÉNEZ

Alas, stubborn little girl!
You say no to the wind,
to the mist, and to the water:
you split the wind,
you cut the mist,
you rend the water.

You deny yourself to the light deeply:
you reject it,
stained now by you: green, yellow,
— overcome now — gray, red, silver.

And you guard against night
the arduous
horrible night of your impassive insides.

When my hand attempts to possess you,
my skin feels your limits:
the wall, the moat
of your hostile faith, always alert.

I gave you a name, branded you with my iron:
"chalice," "bridle," "carnation," "border," "feather" ...
(It was only your shadow that I imprisoned.)

To your inner meaning
I appealed against you.
                    And, oh you trickster,
you vanished into form and into color,
into weight or into fragrance.
Never you yourself: you, soaring, you, unattainable!

¡Ay, niña terca,
ay, voluntad del ser, presencia hostil,
límite frío a nuestro amor!
                              ¡Ay, turbia
bestezuela de sombra,
que palpitas ahora entre mis dedos,
que repites ahora entre mis dedos
tu dura negativa de alimaña!

Alas, stubborn little girl,
a will to be, an antagonistic presence,
a cold limitation upon our love!

                                 Alas, obscure
little beast lurking in the shadow,
palpitating now between my fingers,
repeating now between my fingers
your harsh refusal, you wild thing!

El último Caín

Ya asesinaste a tu postrer hermano:
ya estás solo.

¡Espacios: plaza, plaza al hombre!
Bajo la comba de plomo de la noche, oprimido
por la unánime acusación de los astros que mudamente gimen,
¿adónde dirigirás tu planta?

Estos desiertos campos
están poblados de fantasmas duros, cuerpo en el aire, negro en el aire
      negro,
basalto de las sombras,
sobre otras sombras apiladas.
Y tú aprietas el pecho jadeante
contra un muro de muertos, en pie sobre sus tumbas,
como si aún empujaras el carro de tu odio
a través de un mercado sin fin,
para vender la sangre del hermano,
en aquella mañana de sol, que contra tu amarilla palidez se obstinaba,
que pujaba contra ti, leal al amor, leal a la vida,
como la savia enorme de la primavera es leal a la enconada púa del
      cardo, que la ignora,
como el anhelo de la marea de agosto es leal al más cruel niño que
      enfurece en su juego la playa.

Ah, sí, hendías, palpabas, ¡júbilo, júbilo!:
era la sangre, eran los tallos duros de la sangre.
Como el avaro besa, palpa el acervo de sus rojas monedas,
hundías las manos en esa tibieza densísima (hecha de nuestro sueño, de
      nuestro amor que incesante susurra)
para impregnar tu vida sin amor y sin sueño;
y tus belfos mojabas en el charco humeante
cual si sorber quisieras el misterio caliente del mundo.

The Last Cain

Now you've murdered your last brother:
now you are alone.

Outer space: make room, make room for man!
Under the leaden curve of night, oppressed
by the unanimous accusation of the stars that mutely moan,
where will you turn your feet?

These deserted fields
are populated by harsh ghosts, a form in the air, black in the black air,
basalt of shadows,
piled upon other shadows.
And you press your panting chest
against a wall of dead, standing on their tombs,
as though you were still pushing the cart of your hatred
through an endless marketplace,
to sell your brother's blood,
on that bright sunny morning, which struggled against your black pallor,
which pushed against you, loyal to love, loyal to life,
just as the springtime surge of sap is loyal to the bitter thistle thorn,
    which ignores it,
just as the August tide's surge is loyal to the cruelest little boy whom the
    beach drives wild as he plays.

Ah yes, you cut things open, you felt them with your hand, joy, joy!
It was blood, the harsh sprouts of blood.
As the miser kisses, feels the heap of his red coins,
you plunged your hands into that very dense warmth (made of our
    dreams, our love whispering incessantly)
in order to impregnate your life, loveless and dreamless;
and you moistened your muzzle in the steaming puddle
as if you wanted to suck in the world's hot mystery.

Pero, ahora, mira, son sombras lo que empujas, ¿no has visto que son
    sombras?

¿O vas quizá doblado como por un camino de sirga, tirando de una
    torpe barcaza de granito,
que se enreda una vez y otra vez en todos los troncos ribereños,
retama que se curva al huracán,
estéril arco donde
no han de silbar ni el grito ni la flecha,
buey en furia que encorva la espalda al rempujón y ahinca
en las peñas el pie,
con músculos crujientes,
imagen de crispada anatomía?

Sombras son, hielo y sombras que te atan:
cercado estás de sombras gélidas.
También los espacios odian, también los espacios son duros,
también Dios odia.
¡Espacios, plaza, por piedad al hombre!

Ahí tienes la delicia de los ríos, tibias aún de paso están las sendas.
Los senderos, esa tierna costumbre donde aún late el amor de los días
(la cita, secreta como el recóndito corazón de una fruta,
el lento mastín blanco de la fidelísima amistad,
el tráfago de signos con que expresamos la absorta desazón de nuestra
    íntima ternura),
sí, las sendas amantes que no olvidan,
guardan aún la huella delicada, la tierna forma del pie humano,
ya sin final, sin destino en la tierra,
ya sólo tiempo en extensión, sin ansia,
tiempo de Dios, quehacer de Dios,
no de los hombres.

But now, look, they are only shades that you shove, don't you see that
  they're shades?

Or are you perhaps moving, bent over as along a towpath, tugging on a
  slow, heavy boatload of granite,
which gets entangled again and again in all the trees along the bank,
broom grass bent over by the hurricane,
a sterile arched bow through which
no cry or arrow will whistle,
an enraged ox that bends his back to the strain and digs
his hooves into the rock,
with his muscles crackling,
the very image of tensed anatomy?

They're shades, ice and shades that bind you:
you are surrounded by frozen shades.
Outer space also hates, space also is cruel,
God also hates.
Outer space, make room, take pity on man!

Here there are delightful rivers, trails still warm from footsteps.
Paths, the tender habit where daily love still throbs
(the rendezvous, as secret as the hidden heart of a peach,
the slow white mastiff of most faithful friendship,
the throng of signs by which we express the entranced unease of our
  intimate tenderness),
yes, the loving paths that don't forget,
that still keep the delicate footprint, the tender form of the human foot,
but now have no goal, no destination on the earth,
are only time extended, without eagerness,
God's time, God's business,
not men's.

¿Adónde huirás, Caín, postrer Caín?
Huyes contra las sombras, huyendo de las sombras,
huyes
cual quisieras huir de tu recuerdo,
pero, ¿cómo asesinar al recuerdo
si es la bestia que ulula a un tiempo mismo
desde toda la redondez del horizonte,
si aquella nebulosa, si aquel astro ya oscuro,
aún recordando están,
si el máximo universo, de un alto amor en vela
también recuerdo es sólo,
si Dios es sólo eterna presencia del recuerdo?

Ves, la luna recuerda
ahora que extiende como el ala tórpida
de un murciélago blanco
su álgida mano de lechosa lluvia.
Esparcidos lingotes de descarnada plata,
los huesos de tus víctimas
son la sola cosecha de este campo tristísimo.

Se erguían, sí, se alzaban, pujando como torres, como oraciones hacia
    Dios,
cercados por la niebla rosada y temblorosa de la carne,
acariciados por el terco fluído maternal que sin rumor los lamía en un
    sueño:
muchachas, como navíos tímidos en la boca del puerto sesgando, hacia
    el amor sesgando;
atletas como bellos meteoros, que encrespaban el aire, exactísimos
    muelles hacia la gloria vertical de las pértigas,
o flores que se inclinan, o sedas que se pliegan sin crujido en el
    descenso elástico;
y niños, duros niños, trepantes, aferrados por las rocas, afincando la
    vida, incrustados en vida, como pepitas áureas.
¡Ah, los hombres se alzaban, se erguían los bellos báculos de Dios,
los florecidos báculos del viejísimo Dios!

Where will you run away to, Cain, last Cain?
You run into the shades while trying to run away from the shades,
you run
as though you would like to run away from your memory,
but how can you murder memory
if it's the beast that howls at one and the same time
from all around the horizon,
if that distant nebula, that star now dark
are still remembering,
if the maximum universe is also only memory
of a lofty vigilant love,
if God is only the eternal presence of memory?

You see, the moon remembers
now when she stretches out, like the torpid wing
of a white bat,
her icy hand of milky rain.
Scattered ingots of fleshless silver,
the bones of your victims
are the only harvest of this sad, sad field.

They used to stand erect, yes, rise up, buoyant like towers, like prayers
    toward God,
surrounded by the pink and trembling mist of flesh,
caressed by the persistent maternal fluid that noiselessly lapped about
    them in a dream:
young girls, like timid boats tacking at the mouth of the harbor, tacking
    toward love;
athletes like lovely meteors, that made the air undulate, precise coiled
    springs rising toward the vertical glory of the pole vault,
or flowers that fall, silks that fold, without a sound in their soft descent;
and boys, tough little boys, climbing, clinging to the rocks, grasping life,
    inlaid within life, like bits of gold.
Ah, men used to rise up, stand erect as the lovely staffs of God,
the flowering staffs of a very old God!

Nunca más, nunca más,
nunca más.
Pero, tú, ¿por qué tiemblas?
Los huesos no se yerguen: calladamente acusan.

He ahí las ruinas.
He ahí la historia del hombre (sí, tu historia)
estampada como la maldición de Dios sobre la piedra.
Son las ciudades donde llamearon
en la aurora sin sueño las alarmas,
cuando la multitud cual otra enloquecida llama súbita,
rompía el caz de la avenida insuficiente,
rebotaba bramando contra los palacios desiertos
hocicando como un negruzco topo en agonía su lóbrego camino.
Pero en los patinejos destrozados,
bajo la rota piedad de las bóvedas,
sólo las fieras aullarán al terror del crepúsculo.

Algunas tiernas casas aún esperan
en el umbral las voces, la sonrisa creciente
del morador que vuelve fatigado
del bullicio del día,
los juegos infantiles
a la sombra materna de la acacia,
los besos del amante enfurecido
en la profunda alcoba.
Nunca más, nunca más.

Nevermore, nevermore,
nevermore.
But you, why do you tremble?
The bones don't rise up; they accuse in silence.

Look at the ruins.
Look at the history of man (yes, your history)
imprinted like God's curse upon the stone.
These are the cities where alarms
blazed in the sleepless dawn,
when the mob, like another sudden flame gone mad,
broke out of the channel of the too narrow avenue,
bounced bellowing against the deserted mansions,
rooting along like a black anguished mole finding its dark way.
But in the ruined little yards,
under the broken protection of the vaults,
only wild beasts will howl at the terror of twilight.

Some tender homes are still waiting
for voices in the doorway, for the spreading smile
of the dweller coming back tired
from the day's hurly-burly,
for the children's games
under the maternal shade of the locust tree,
for the kisses of the wild lover
in the depths of the bedroom.
Nevermore, nevermore.

Y tú pasas y vuelves la cabeza.
Tú vuelves la cabeza como si la volvieses
contra el ala de Dios.
Y huyes buscando
del jabalí la trocha inextricable,
el surco de la hiena asombradiza;
huyes por las barrancas, por las húmedas
cavernas que en sus últimos salones
torpes lagos asordan, donde el monstruo sin ojos
divina voluntad se sueña, mientras blando se amolda a la hendidura
y el fofo palpitar de sus membranas
le mide el tiempo negro.
Y a ti, Caín, el sordo horror te apalpa,
y huyes de nuevo, huyes.

Huyes cruzando súbitas tormentas de primavera,
entre ese vaho que enciende con un torpor de fuego la sombría
 conciencia de la alimaña,
entre ese zumo creciente de las tiernísimas células vegetales,
esa húmeda avidez que en tanto brote estalla, en tanta delicada superficie
 se adulza,
mas siempre brama "amor" cual un suspiro oscuro.
Huyes maldiciendo las abrazantes lianas que te traban como mujeres
 enardecidas,
odiando la felicidad candorosa de la pareja de chimpancés que acuna su
 cría bajo el inmenso cielo del baobab,
el nupcial vuelo doble de las moscas, torpísimas gabarras en delicia por
 el aire inflamado de junio.
Huyes odiando las fieras y los pájaros, las hierbas y los árboles,
y hasta las mismas rocas calcinadas,
odiándote lo mismo que a Dios,
odiando a Dios.

And you go by and turn your head.
You turn your head as though you were turning it
against the wing of God.
And you run off looking for
the impenetrable trail of the wild boar,
the spoor of the skittish hyena;
you run away down the gullies, down the damp
caverns which in their farthest chambers
muffle sluggish lakes, in which the eyeless monster
dreams he's the divine will, while he softly molds himself to fit the
    crevice,
and the spongy palpitations of his membranes
measure out his black time.
And the muffled horror of it reaches out and touches you, Cain,
and you run away again, you run away.

You run through sudden springtime thunderstorms,
in the midst of that warm breath which sets a torpid fire to the shadowy
    consciousness of the animal,
of that rising juice in tender little vegetable cells,
that moist avidness that explodes in so many a shoot, grows sweet upon
    so many a delicate surface,
but always moaning "love" like a dark sigh.
You run away cursing the embraces of lianas that cling to you like
    ardently aroused women,
hating the innocent felicity of the pair of chimpanzees that cradle their
    offspring under the immense sky of the baobab tree,
the nuptial coupled flight of two flies, clumsy barges of delight in the
    inflamed atmosphere of June.
You run away hating animals and birds, grass and trees,
and even the very rocks covered with lime,
hating yourself the same as you do God,
hating God.

Pero la vida es más fuerte que tú,
pero el amor es más fuerte que tú,
pero Dios es más fuerte que tú.
Y arriba, en astros sacudidos por huracanes de fuego,
en extinguidos astros que, aún calientes, palpitan
o que, fríos, solejan a otras lumbreras jóvenes,
bullendo está la eterna pasión trémula.
Y, más arriba, Dios.

Húndete, pues, con tu torva historia de crímenes,
precipítate contra los vengadores fantasmas,
desvanécete, fantasma entre fantasmas,
gélida sombra entre las sombras,
tú, maldición de Dios,
postrer Caín,
el hombre.

But life is stronger than you,
but love is stronger than you,
but God is stronger than you.
And up there, in stars shaken by hurricanes of fire,
in extinguished stars which, still warm, throb
or which, cold, bask in the light of younger luminaries,
the eternal tremulous passion is bubbling.
And, higher up, God.

Sink down, then, with your dark history of crimes,
plunge against the avenging ghosts,
disappear, a ghost among ghosts,
frozen shade among shades,
you, God's curse,
last Cain,
man.

Yo

Mi portento inmediato,
mi frenética pasión de cada día,
mi flor, mi ángel de cada instante,
aún como el pan caliente con olor de tu hornada,
aún sumergido en las aguas de Dios,
y en los aires azules del día original del mundo:
dime, dulce amor mío,
dime, presencia incógnita,
45 años de misteriosa compañía,
¿aún no son suficientes
para entregarte, para desvelarte
a tu amigo, a tu hermano,
a tu triste doble?

¡No, no! Dime, alacrán, necrófago,
cadáver que se me está pudriendo encima
desde hace 45 años,
hiena crepuscular,
fétida hidra de 800.000 cabezas,
¿por qué siempre me muestras sólo una cara?
Siempre a cada segundo una cara distinta,
unos ojos crueles,
los ojos de un desconocido,
que me miran sin comprender
(con ese odio del desconocido)
y pasan:
a cada segundo.
Son tus cabezas hediondas, tus cabezas crueles,
oh hidra violácea.

Myself

My immediate portent,
my frenzied passion of each day,
my flower, my angel of each instant,
still like fresh bread with the warm smell of the oven,
still submerged in the waters of God,
and in the blue air of the world's first day—
tell me, my sweet love,
tell me, unknown presence,
aren't 45 years of mysterious companionship
sufficient yet for you
to give yourself, to unveil yourself
to your friend, to your brother,
to your sad double?

No, no! Tell me, scorpion, necrophage,
corpse that has been rotting on top of me
for 45 years,
twilight hyena,
fetid hydra of 800,000 heads,
why do you always show me only one face?
Always, each second, a different face,
a pair of cruel eyes,
the eyes of a stranger,
which look at me without understanding
(with that hatred of the stranger)
and move on—
each second.
They are your stinking heads, your cruel heads,
oh violet-colored hydra.

Hace 45 años que te odio,
que te escupo, que te maldigo,
pero no sé a quién maldigo,
a quién odio, a quién escupo.

Dulce,
dulce amor mío incógnito,
45 años hace ya
que te amo.

For 45 years I've been hating you,
spitting on you, cursing you,
but I don't know whom I curse,
whom I hate, whom I spit on.

Sweet,
sweet unknown love of mine,
it's been 45 years now
that I have loved you.

Mujer con alcuza

A Leopoldo Panero

¿Adónde va esa mujer,
arrastrándose por la acera,
ahora que ya es casi de noche,
con la alcuza en la mano?

Acercaos: no nos ve.
Yo no sé qué es más gris,
si el acero frío de sus ojos,
si el gris desvaído de ese chal
con el que se envuelve el cuello y la cabeza,
o si el paisaje desolado de su alma.

Va despacio, arrastrando los pies,
desgastando suela, desgastando losa,
pero llevada
por un terror
oscuro,
por una voluntad
de esquivar algo horrible.

Woman with Cruet

To Leopoldo Panero

Where is that woman going,
dragging herself along the sidewalk,
now that it is almost nighttime,
with a cruet in her hand?

Draw near: she doesn't see us.
I don't know which is grayer,
the cold steel of her eyes,
the faded gray of that shawl
in which she wraps her neck and head,
or the desolate landscape of her soul.

She's moving slowly, dragging her feet,
wearing out shoe leather, wearing away pavement,
but carried along
by a dark
terror,
by a desire
to avoid something horrible.

Sí, estamos equivocados.
Esta mujer no avanza por la acera
de esta ciudad,
esta mujer va por un campo yerto,
entre zanjas abiertas, zanjas antiguas, zanjas recientes,
y tristes caballones,
de humana dimensión, de tierra removida,
de tierra
que ya no cabe en el hoyo de donde se sacó,
entre abismales pozos sombríos,
y turbias simas súbitas,
llenas de barro y agua fangosa y sudarios harapientos del color de la
    desesperanza.

Oh sí, la conozco.
Esta mujer yo la conozco: ha venido en un tren,
en un tren muy largo;
ha viajado durante muchos días
y durante muchas noches:
unas veces nevaba y hacía mucho frío,
otras veces lucía el sol y remejía el viento
arbustos juveniles
en los campos en donde incesantemente estallan extrañas flores
    encendidas.
Y ella ha viajado y ha viajado,
mareada por el ruido de la conversación,
por el traqueteo de las ruedas
y por el humo, por el olor a nicotina rancia.
¡Oh!:
noches y días,
días y noches,
noches y días,
días y noches,
y muchos, muchos días,
y muchas, muchas noches.

Yes, we're mistaken.
This woman is not going down the sidewalk
of this city,
this woman is going through a flat field,
between open trenches, old trenches, new trenches,
and sad mounds,
with human dimensions, of upturned earth,
of earth
that no longer fits into the hole it was taken out of,
between abysmal shadowy wellshafts,
and sudden muddy crevices,
full of mire and stagnant water and tattered shrouds the color of
        desperation.

Oh yes, I know her.
I know this woman; she has come on a train,
on a very long train;
she has traveled for many days
and for many nights;
sometimes it was snowing and it was very cold,
other times the sun was shining and the breeze was stirring
young shrubs
on fields where strange blazing flowers incessantly explode.
And she has traveled and traveled,
made dizzy by the noise of conversation,
by the clickety-clack of the wheels,
and by the smoke, the smell of stale nicotine.
Oh!
nights and days,
days and nights,
nights and days,
days and nights
and many, many days,
and many, many nights.

Pero el horrible tren ha ido parando
en tantas estaciones diferentes,
que ella no sabe con exactitud ni cómo se llamaban,
ni los sitios,
ni las épocas.

Ella
recuerda sólo
que en todas hacía frío,
que en todas estaba oscuro,
y que al partir, al arrancar el tren
ha comprendido siempre
cuán bestial es el topetazo de la injusticia absoluta,
ha sentido siempre
una tristeza que era como un ciempiés monstruoso que le colgara de la
        mejilla,
como si con el arrancar del tren le arrancaran el alma,
como si con el arrancar del tren le arrancaran innumerables margaritas,
        blancas cual su alegría infantil en la fiesta del pueblo,
como si le arrancaran los días azules, el gozo de amar a Dios y esa
        voluntad de minutos en sucesión que llamamos vivir.
Pero las lúgubres estaciones se alejaban,
y ella se asomaba frenética a las ventanillas,
gritando y retorciéndose,
sólo
para ver alejarse en la infinita llanura
eso, una solitaria estación,
un lugar
señalado en las tres dimensiones del gran espacio cósmico
por una cruz
bajo las estrellas.

But the horrible train has been stopping
at so many different stations
that she doesn't know precisely what their names were,
or where they were,
or when they were.

She
only remembers
that in all of them it was cold,
that in all of them it was dark,
and that when the train left, when it pulled out,
she constantly rediscovered
how brutal the collision with absolute injustice is,
she constantly felt
a sadness that was like a monstrous centipede hanging from her cheek,
as if when the train pulled out, they were pulling out her soul,
as if when the train pulled out, they were pulling innumerable daisies
    off her as white as her girlish joy during the village festival,
as if they were snatching away days of blueness, the pleasure of loving
    God, and that willing of minutes in succession that we call living.
But the lugubrious stations kept going away in the distance,
and she would wildly stick her head out the windows,
yelling and twisting,
only
to see growing distant on the infinite plain
that one thing, a solitary station,
a place
marked within the three dimensions of great cosmic space
by a cross
under the stars.

Y por fin se ha dormido,
sí, ha dormitado en la sombra,
arrullada por un fondo de lejanas conversaciones,
por gritos ahogados y empañadas risas,
como de gentes que hablaran a través de mantas bien espesas,
sólo rasgadas de improviso
por lloros de niños que se despiertan mojados a la media noche,
o por cortantes chillidos de mozas a las que en los túneles les pellizcan
     las nalgas,
...aún mareada por el humo del tabaco.

Y ha viajado noches y días,
sí, muchos días,
y muchas noches.
Siempre parando en estaciones diferentes,
siempre con un ansia turbia, de bajar ella también, de quedarse ella
     también,
ay,
para siempre partir de nuevo con el alma desgarrada,
para siempre dormitar de nuevo en trayectos inacabables.

...No ha sabido cómo.
Su sueño era cada vez más profundo,
iban cesando,
casi habían cesado por fin los ruidos a su alrededor:
sólo alguna vez una risa como un puñal que brilla un instante en las
     sombras,
algún chillido como un limón agrio que pone amarilla un momento
     la noche.
Y luego nada.
Sólo la velocidad,
sólo el traqueteo de maderas y hierro
del tren,
sólo el ruido del tren.

And at last she has gone to sleep,
yes, she has dozed off in the shadow,
lulled by a background of distant conversations,
by muffled shouts and blurred laughter,
as of people speaking through very thick blankets,
only ripped open unexpectedly
by the crying of babies waking up wet in the middle of the night,
or by the penetrating shrieks of young girls whose buttocks are being
    pinched in the tunnels,
. . . still made dizzy by the tobacco smoke.

And she has traveled for nights and days,
yes, many days,
and many nights.
Always stopping at different stations,
always with an obscure urge to get off also herself, to stay there herself,
but alas,
always only to leave again with her soul torn,
always only to doze again on endless stretches of rail.

. . . She doesn't know how it happened.
Her sleep got deeper and deeper,
the noises around her
began to stop, had almost finally stopped;
only once in awhile a laugh like a dagger gleaming for an instant in the
    shadows,
a lemon-sour scream that turns the night yellow for a moment.
And then nothing.
Only the speed,
only the train's clickety-clack
of wood and iron,
only the noise of the train.

Y esta mujer se ha despertado en la noche,
y estaba sola,
y ha mirado a su alrededor,
y estaba sola,
y ha comenzado a correr por los pasillos del tren,
de un vagón a otro,
y estaba sola,
y ha buscado al revisor, a los mozos del tren,
a algún empleado,
a algún mendigo que viajara oculto bajo un asiento,
y estaba sola,
y ha gritado en la oscuridad,
y estaba sola,
y ha preguntado en la oscuridad,
y estaba sola,
y ha preguntado
quién conducía,
quién movía aquel horrible tren.
Y no le ha contestado nadie,
porque estaba sola,
porque estaba sola.
Y ha seguido días y días,
loca, frenética,
en el enorme tren vacío,
donde no va nadie,
que no conduce nadie.

And this woman has woken up in the night,
and she was all alone,
and she has looked around her,
and she was all alone,
and she's begun to run down the aisles of the train,
from one car to another,
and she was all alone,
and she's looked for the conductor, for the waiters,
for any employee,
for any beggar riding hidden under a seat,
and she was all alone,
and she has screamed in the dark,
and she was all alone,
and she has asked questions in the dark,
and she was all alone,
and she has asked
who was the engineer,
who was driving that horrible train.
And no one has answered her,
because she was all alone,
because she was all alone.
And she has gone on for days and days,
madly, frenetically,
in the enormous empty train,
on which no one is riding,
which no one is steering.

...Y ésa es la terrible,
la estúpida fuerza sin pupilas,
que aún hace que esa mujer
avance y avance por la acera,
desgastando la suela de sus viejos zapatones,
desgastando las losas,
entre zanjas abiertas a un lado y otro,
entre caballones de tierra,
de dos metros de longitud,
con ese tamaño preciso
de nuestra ternura de cuerpos humanos.
Ah, por eso esa mujer avanza (en la mano, como el atributo de una
     semidiosa, su alcuza),
abriendo con amor el aire, abriéndolo con delicadeza exquisita,
como si caminara surcando un trigal en granazón,
sí, como si fuera surcando un mar de cruces, o un bosque de cruces,
     o una nebulosa de cruces,
de cercanas cruces,
de cruces lejanas.

. . . And that is the awful,
the stupid eyeless force
which still drives that woman
to keep going ahead down the sidewalk,
wearing out the leather of her big old shoes,
wearing away the paving stones,
between trenches dug on both sides of her,
between mounds of earth,
two yards long,
precisely the size
of the tenderness of our human bodies.
Ah, that's why the woman goes on (in her hand, like the attribute of a
     semigoddess, her cruet),
lovingly opening up the air, opening it with exquisite delicacy,
as though she were plowing through a wheatfield in blossom,
yes, as though she were plowing through a sea of crosses, or a forest of
     crosses, or a nebula of crosses,
of nearby crosses,
of crosses in the distance.

Ella,
en este crepúsculo que cada vez se ensombrece más,
se inclina,
va curvada como un signo de interrogación,
con la espina dorsal arqueada
sobre el suelo.
¿Es que se asoma por el marco de su propio cuerpo de madera,
como si se asomara por la ventanilla
de un tren,
al ver alejarse la estación anónima
en que se debía haber quedado?
¿Es que le pesan, es que le cuelgan del cerebro
sus recuerdos de tierra en putrefacción,
y se le tensan tirantes cables invisibles
desde sus tumbas diseminadas?
¿O es que como esos almendros
que en el verano estuvieron cargados de demasiada fruta,
conserva aún en el invierno el tierno vicio,
guarda aún el dulce álabe
de la cargazón y de la compañía,
en sus tristes ramas desnudas, donde ya ni se posan los pájaros?

She,
in this twilight that is getting more and more shadowy,
bends over,
walks curved like a question mark,
with the spine of her back in an arch
over the ground.
Is it because she is looking out through the wooden frame of her own
    body,
as if she were looking out through the window
of a train,
as she sees the anonymous station receding
where she should have gotten off?
Is it because she is weighed down, her brain tugged upon
by her memories of a putrifying earth,
and invisible cables are being made tensely tighter between her
and those widely scattered tombs?
Or is it because, like those almond trees
which in summer were loaded down with too much fruit,
she still maintains in winter the tender inclination,
she still keeps the sweet curvature
of the weight and of the companionship,
in her sad naked branches, where now not even the birds alight?

Elegía a un moscardón azul

Sí, yo te asesiné estúpidamente. Me molestaba tu zumbido mientras escribía un hermoso, un dulce soneto de amor. Y era un consonante en -*úcar*, para rimar con *azúcar*, lo que me faltaba. *Mais, qui dira les torts de la rime?*

Luego sentí congoja
y me acerqué hasta ti: eras muy bello.
Grandes ojos oblicuos
te coronan la frente,
como un turbante de oriental monarca.
Ojos inmensos, bellos ojos pardos,
por donde entró la lanza del deseo,
el bullir, los meneos de la hembra,
su gran proximidad abrasadora,
bajo la luz del mundo.
Tan grandes son tus ojos, que tu alma
era quizá como un enorme incendio,
cual una lumbrarada de colores,
como un fanal de faro. Así, en la siesta,
el alto miradero de cristales,
diáfano y desnudo, sobre el mar,
en mi casa de niño.

Cuando yo te maté,
mirabas hacia fuera,
a mi jardín. Este diciembre claro
me empuja los colores y la luz,
como bloques de mármol, brutalmente,
cual si el cristal del aire se me hundiera,
astillándome el alma sus aristas.

Elegy to a Blue-Bottle Fly

Yes, I stupidly murdered you. I was bothered by your buzz while I was writing a beautiful, a sweet love sonnet. And it was a word in *-ugar*, to rhyme with *sugar*, that I needed. *Mais, qui dira les torts de la rime?*

And then I felt a twinge
and I came up close to you; you were very lovely.
Great slanted eyes
crown your forehead,
like an oriental monarch's turban.
Immense eyes, lovely dark eyes,
through which entered the lance of desire,
the effervescent movements of the female,
her great burning proximity,
under the light of the world.
Your eyes are so big that your soul
was perhaps like an enormous conflagration,
like a blaze of colors,
like a lighthouse's glass dome. Not unlike, at afternoon nap time,
the high glassed-in balcony,
transparent and empty, looking out over the sea,
in the house of my childhood.

When I killed you,
you were looking outside,
at my garden. This bright December
thrusts upon me colors and light,
like blocks of marble, brutally,
as if the air's crystal were sinking down upon me,
shattering my soul with its sharp edges.

Eso que viste desde mi ventana,
eso es el mundo.
Siempre se agolpa igual: luces y formas,
árbol, arbusto, flor, colina, cielo
con nubes o sin nubes,
y, ya rojos, ya grises, los tejados
del hombre. Nada más: siempre es lo mismo.
Es una granazón, una abundancia,
es un tierno pujar de jugos hondos,
que levanta el amor y Dios ordena
en nódulos y en haces,
un dulce hervir no más.
                              Oh sí, me alegro
de que fuera lo último
que vieras tú, la imagen de color
que sordamente bullirá en tu nada.
Este paisaje, esas
rosas, esas moreras ya desnudas,
ese tímido almendro que aún ofrece
sus tiernas hojas vivas al invierno,
ese verde cerrillo
que en lenta curva corta mi ventana,
y esa ciudad al fondo,
serán también una presencia oscura
en mi nada, en mi noche.
¡Oh pobre ser, igual, igual tú y yo!

What you saw from my window,
that is the world.
It is always crowded that way: lights and forms,
tree, shrub, flower, hill, sky
with or without clouds,
and, sometimes red, sometimes gray, the rooftops
of man. That's all: it's always the same.
It's a burgeoning, an abundance,
it's a tender thrust of deep juices,
lifted by love and arranged by God
into nodules and bundles,
just a sweet bubbling.
                    Oh yes, I'm glad
it was the last thing
you saw, that image of color
which will soundlessly stir within your nothingness.
This landscape, those
roses, those mulberry trees now leafless,
that timid almond tree that still offers
its tender living leaves to the winter,
that little green hill
which with gentle curve cuts across my window,
and that city in the background,
will also be an obscure presence
within my nothingness, my night.
Oh poor being, the same, you and I the same!

En tu noble cabeza
que ahora un hilo blancuzco
apenas une al tronco,
tu enorme trompa
se ha quedado extendida.
¿Qué zumos o qué azúcares
voluptuosamente
aspirabas, qué aroma tentador
te estaba dando
esos tirones sordos
que hacen que el caminante siga y siga
(aun a pesar del frío del crepúsculo,
aun a pesar del sueño),
esos dulces clamores,
esa necesidad de ser futuros
que llamamos la vida,
en aquel mismo instante
en que súbitamente el mundo se te hundió
como un gran trasatlántico
que lleno de delicias y colores
choca contra los hielos y se esfuma
en la sombra, en la nada?

From your noble head,
which now a whitish thread
barely joins to your body,
your enormous snout
has been left hanging.
What juices or what sugars
did you voluptuously
aspire to, what tempting aroma
was giving you
those gentle tugs
which make the wayfarer go on and on
(even in spite of the twilight's chill,
even in spite of sleepiness),
those sweet clamors,
that need to be in the future
which we call life,
at that very moment
when suddenly your world was shattered,
just as a great transatlantic ship
which, full of delights and colors,
crashes against the ice and vanishes
into shadow, into nothingness?

¿Viste quizá por último
mis tres rosas postreras?

                Un zarpazo
brutal, una terrible llama roja,
brasa que en un relámpago violeta
se condensaba. Y frío. ¡Frío!: un hielo
como al fin del otoño
cuando la nube del granizo
con brusco alón de sombra nos emplomiza el aire.
No viste ya. Y cesaron
los delicados vientos
de enhebrar los estigmas de tu elegante abdomen
(como una góndola,
como una guzla del azul más puro)
y el corazón elemental cesó
de latir. De costado
caíste. Dos, tres veces
un obstinado artejo
tembló en el aire, cual si condensara
en cifra los latidos
del mundo, su mensaje
final.
Y fuiste cosa: un muerto.
Sólo ya cosa, sólo ya materia
orgánica, que en un torrente oscuro
volverá al mundo mineral. ¡Oh Dios,
oh misterioso Dios,
para empezar de nuevo por enésima vez
tu enorme rueda!

Estabas en mi casa,
mirabas mi jardín, eras muy bello.
Yo te maté.
¡Oh si pudiera ahora
darte otra vez la vida,
yo que te di la muerte!

Did you perhaps see last of all
my three late roses?
                    A brutal
slash, a terrible red flame,
a glow condensing into a violet
flash of lightning. And coldness. Cold! a freeze
like the end of autumn
when the hail-cloud
with its big, brusk, dark wing makes the air leaden.
You didn't see any more. And the gentle
breezes ceased
weaving the threads of your elegant abdomen
(like a gondola,
like a mandolin of the purest blue),
and your elementary heart ceased
beating. You fell
on your side. Twice, three times
an obstinate leg
twitched in the air, as if condensing
into code the throbs
of the world, its final
message.
And you became a thing: a corpse.
Only a thing now, only organic
matter now, which in a dark torrent
will return to the world of minerals. Oh God,
oh mysterious God,
only to begin again for the nth time
on your enormous wheel!

You were in my house,
you were looking at my garden, you were very lovely.
I killed you.
Oh, if only I could now
give you life again,
I who gave you death!

Monstruos

Todos los días rezo esta oración
al levantarme:

Oh Dios,
no me atormentes más.
Dime qué significan
estos espantos que me rodean.
Cercado estoy de monstruos
que mudamente me preguntan,
igual, igual que yo les interrogo a ellos.
Que tal vez te preguntan,
lo mismo que yo en vano perturbo
el silencio de tu invariable noche
con mi desgarradora interrogación.
Bajo la penumbra de las estrellas
y bajo la terrible tiniebla de la luz solar,
me acechan ojos enemigos,
formas grotescas me vigilan,
colores hirientes lazos me están tendiendo:
¡son monstruos,
estoy cercado de monstruos!

No me devoran.
Devoran mi reposo anhelado,
me hacen ser una angustia que se desarrolla a sí misma,
me hacen hombre,
monstruo entre monstruos.

Monsters

Every day I say this prayer
when I get up:

Oh God,
don't torture me any more.
Tell me what they mean,
those frights that surround me.
I am encircled by monsters
mutely asking me questions,
in the very same way that I interrogate them.
Who perhaps ask you questions,
in the same way that I in vain disturb
the silence of your unchanging night
with my rending interrogation.
Beneath the penumbra of the stars
and beneath the terrible darkness of solar light,
enemy eyes spy upon me,
grotesque forms watch me vigilantly,
violent colors are setting snares for me:
they are monsters,
I am encircled by monsters!

They don't devour me.
They devour the peace that I long for,
they turn me into an anguish which unrolls itself,
they turn me into a man,
a monster among monsters.

No, ninguno tan horrible
como este Dámaso frenético,
como este amarillo ciempiés que hacia ti clama con todos sus tentáculos
    enloquecidos,
como esta bestia inmediata
transfundida en una angustia fluyente;
no, ninguno tan monstruoso
como esta alimaña que brama hacia ti,
como esta desgarrada incógnita
que ahora te increpa con gemidos articulados,
que ahora te dice:
"Oh Dios,
no me atormentes más,
dime qué significan
estos monstruos que me rodean
y este espanto íntimo que hacia ti gime en la noche".

No, none of them is so horrible
as this frenzied Dámaso,
as this yellow centipede that cries out to you with all his maddened
        feelers,
as this immediate beast
transfused into a flowing anguish;
no, none so monstrous
as this wild animal bellowing at you,
as this soul-torn unknown
that now threatens you with articulate moans,
that now says to you:
"Oh God,
don't torture me any more;
tell me what they mean,
these monsters that surround me
and this intimate fright that moans to you in the night."

La madre

No me digas
que estás llena de arrugas, que estás llena de sueño,
que se te han caído los dientes,
que ya no puedes con tus pobres remos hinchados, deformados por el
    veneno del reuma.

No importa, madre, no importa.
Tú eres siempre joven,
eres una niña,
tienes once años.
Oh, sí, tú eres para mí eso: una candorosa niña.

Y verás que es verdad si te sumerges en esas lentas aguas, en esas aguas
    poderosas,
que te han traído a esta ribera desolada.
Sumérgete, nada a contracorriente, cierra los ojos,
y cuando llegues, espera allí a tu hijo.
Porque yo también voy a sumergirme en mi niñez antigua,
pero las aguas que tengo que remontar hasta casi la fuente,
son mucho más poderosas, son aguas turbias, como teñidas de sangre.
Oyelas, desde tu sueño, cómo rugen,
cómo quieren llevarse al pobre nadador.
¡Pobre del nadador que somorguja y bucea en ese mar salobre de la
    memoria!

Mother

Don't tell me
that you are very wrinkled, that you are very sleepy,
that your teeth have fallen out,
that you can no longer get along with your poor swollen limbs, deformed
     by the poison of arthritis.

It doesn't matter, Mother, it doesn't matter.
You are always young,
you are a little girl,
you're eleven years old.
Oh yes, that's what you are for me: an innocent little girl.

And you'll see that it's true if you let yourself sink into those slow waters,
     those powerful waters,
that have brought you to this desolate shore.
Let yourself sink, swim against the current, close your eyes,
and when you get there, wait for your son.
Because I also am going to let myself sink into my childhood of long ago,
but the waters I have to swim against, almost to their source,
are much more powerful, are muddy waters, stained as though by blood.
Listen to them, in your sleep, how they roar,
how they want to sweep away the poor swimmer.
Alas for the poor swimmer who dives and sounds in that salty sea of
     memory!

...Ya ves: ya hemos llegado.

¿No es una maravilla que los dos hayamos arribado a esta prodigiosa
      ribera de nuestra infancia?

Sí, así es como a veces fondean un mismo día en el puerto de Singapoor
      dos naves,

y la una viene de Nueva Zelanda, la otra de Brest.

Así hemos llegado los dos, ahora, juntos.

Y ésta es la única realidad, la única maravillosa realidad:

que tú eres una niña y que yo soy un niño.

¿Lo ves, madre?

No se te olvide nunca que todo lo demás es mentira, que esto sólo es
      verdad, la única verdad.

Verdad, tu trenza muy apretada, como la de esas niñas acabaditas de
      peinar ahora,

tu trenza, en la que se marcan tan bien los brillantes lóbulos del
      trenzado,

tu trenza, en cuyo extremo pende, inverosímil, un pequeño lacito rojo;

verdad, tus medias azules, anilladas de blanco, y las puntillas de los
      pantalones que te asoman por debajo de la falda;

verdad tu carita alegre, un poco enrojecida, y la tristeza de tus ojos.

(Ah, ¿por qué está siempre la tristeza en el fondo de la alegría?)

¿Y adónde vas ahora? ¿Vas camino del colegio?

Ah, niña mía, madre,

yo, niño también, un poco mayor, iré a tu lado,

te serviré de guía,

te defenderé galantemente de todas las brutalidades de mis compañeros,

te buscaré flores,

me subiré a las tapias para cogerte las moras más negras, las más llenas
      de jugo,

te buscaré grillos reales, de esos cuyo cricrí es como un choque de
      campanitas de plata.

¡Qué felices los dos, a orillas del río, ahora que va a ser el verano!

... You see now— we have arrived.
Isn't it wonderful that the two of us have reached this prodigious shore
    of our childhood?
Yes, that's how sometimes two ships drop anchor on the same day in the
    harbor of Singapore,
and one comes from New Zealand, the other from Brest.
So the two of us have arrived, now, together.
And this is the only reality, the only wonderful reality:
that you are a little girl and that I am a little boy.

You see, Mother?
Don't ever forget that everything else is a lie, that only this is the truth,
    the sole truth.
It's true, your tight braid, like that of a little girl who has just now had
    her hair combed,
your braid, in which one can see so clearly outlined the shining lobules
    of the braiding,
your braid, at the end of which hangs, unrealistically, a tiny little red bow;
true, your blue stockings, with bands of white, and the tip ends of your
    pantaloons just showing beneath your skirt;
true, your happy little face, a trifle reddish, and the sadness of your eyes.
(Ah, why is sadness always at the bottom of happiness?)
And where are you going now? Are you on your way to school?

Ah, my little girl, Mother,
I, a little boy too, somewhat older, will go beside you,
I'll be your guide,
I'll defend you gallantly against all of the stupidities of my classmates,
I'll find flowers for you,
I'll climb up on the walls to pick for you the mulberries that are blackest
    and fullest of juice,
I'll find you crickets, those whose chirp is like the tinkle of little silver
    bells.
How happy both of us are, at the edge of the river, now that it's going to
    be summer!

A nuestro paso van saltando las ranas verdes,
van saltando, van saltando al agua las ranas verdes:
es como un hilo continuo de ranas verdes,
que fuera repulgando la orilla, hilvanando la orilla con el río.
¡Oh qué felices los dos juntos, solos en esta mañana!
Ves: todavía hay rocío de la noche; llevamos los zapatos llenos de
    deslumbrantes gotitas.

¿O es que prefieres que yo sea tu hermanito menor?
Sí, lo prefieres.
Seré tu hermanito menor, niña mía, hermana mía, madre mía.
¡Es tan fácil!
Nos pararemos un momento en medio del camino,
para que tú me subas los pantalones,
y para que me suenes las narices, que me hace mucha falta
(porque estoy llorando; sí, porque ahora estoy llorando).

No. No debo llorar, porque estamos en el bosque.
Tú ya conoces las delicias del bosque (las conoces por los cuentos,
porque tú nunca has debido estar en un bosque,
o por lo menos no has estado nunca en esta deliciosa soledad, con tu
    hermanito).
Mira, esa llama rubia, que velocísimamente repiquetea las ramas de
    los pinos,
esa llama que como un rayo se deja caer al suelo, y que ahora de un
    bote salta a mi hombro,
no es fuego, no es llama, es una ardilla.
¡No toques, no toques ese joyel, no toques esos diamantes!
¡Qué luces de fuego dan, del verde más puro, del tristísimo y virginal
    amarillo, del blanco creador, del más hiriente blanco!
¡No, no lo toques!: es una tela de araña, cuajada de gotas de rocío.
Y esa sensación que ahora tienes de una ausencia invisible, como una
    bella tristeza, ese acompasado y ligerísimo rumor de pies lejanos,
    ese vacío, ese presentimiento súbito del bosque,
es la fuga de los corzos. ¿No has visto nunca corzas en huida?
¡Las maravillas del bosque! Ah, son innumerables; nunca te las podría
    enseñar todas, tendríamos para toda una vida...

As we walk by, the green frogs keep jumping,
keep jumping, the green frogs keep jumping into the water:
it's like a continuous thread of green frogs,
putting tucks into the river's edge, basting the edge to the river.
Oh how happy the two of us together, all alone this morning!
You see: there is still last night's dew; our shoes are covered with shining
    droplets.

Or would you prefer me to be your little baby brother?
Yes, you would.
I'll be your little baby brother, my little girl, my sister, my mother.
It's so easy!
We'll stop for a moment in the middle of the road,
for you to pull up my pants,
and for you to blow my nose, which I badly need
(because I'm crying; yes, because now I'm crying).

No. I mustn't cry, for we're in the forest.
You're already familiar with the delights of the forest (you know them
    from fairytales
because you've probably never been in a real forest,
or at least you have never been in this delightful solitude, with your
    little brother).
Look, that bright flame, which so rapidly crackles through the pinetree
    branches,
that flame which drops to the ground like lightning, and which now with
    a single bounce leaps to my shoulder,
it isn't fire, it isn't a flame, it's a squirrel.
Don't touch it, don't touch that jewel, don't touch those diamonds!
What fiery lights they shed, of the purest green, of the saddest virginal
    yellow, of creative white, most piercing white!
No, don't touch it! it's a spiderweb, all covered with drops of dew.
And that sensation that you now have of an invisible absence, like a lovely
    sadness, that rhythmic and very rapid sound of distant feet, that
    emptiness, that sudden presentiment of the forest,
it's the flight of the deer. Haven't you ever seen deer running away?
The wonders of the forest! Ah, they're innumerable; I could never show
    you all of them, we would have enough for a whole lifetime . . .

85

...para toda una vida. He mirado, de pronto, y he visto tu bello rostro
    lleno de arrugas,
el torpor de tus queridas manos deformadas,
y tus cansados ojos llenos de lágrimas que tiemblan.
Madre mía, no llores: víveme siempre en sueño.
Vive, víveme siempre ausente de tus años, del sucio mundo hostil, de
    mi egoísmo de hombre, de mis palabras duras.
Duerme ligeramente en ese bosque prodigioso de tu inocencia,
en ese bosque que crearon al par tu inocencia y mi llanto.
Oye, oye allí siempre cómo te silba las tonadas nuevas, tu hijo, tu
    hermanito, para arrullarte el sueño.

No tengas miedo, madre. Mira, un día ese tu sueño cándido se te hará
    de repente más profundo y más nítido.
Siempre en el bosque de la primer mañana, siempre en el bosque nuestro.
Pero ahora ya serán las ardillas, lindas, veloces llamas, llamitas de
    verdad;
y las telas de araña, celestes pedrerías;
y la huida de corzas, la fuga secular de las estrellas a la busca de Dios.
Y yo te seguiré arrullando el sueño oscuro, te seguiré cantando.
Tú oirás la oculta música, la música que rige el universo.
Y allá en tu sueño, madre, tú creerás que es tu hijo quien la envía. Tal
    vez sea verdad: que un corazón es lo que mueve el mundo.

Madre, no temas. Dulcemente arrullada, dormirás en el bosque el más
    profundo sueño.
Espérame en tu sueño. Espera allí a tu hijo, madre mía.

. . . for a whole lifetime. I have looked, suddenly, and seen your lovely
    face full of wrinkles,
the clumsiness of your dear deformed hands,
and your tired eyes full of trembling tears.
Mother dear, don't weep; please always live in a dream.
Live, please always live far away from your age, from the dirty hostile
    world, from my selfishness as a man, from my harsh words.
Sleep lightly in that prodigious forest of your innocence,
in that forest created by your innocence and my tears together.
Listen, always listen there to how your son, your little brother, whistles
    the latest tunes for you, to lull you to sleep.

Don't be afraid, Mother. Look, one day that innocent sleep of yours will
    suddenly become deeper and clearer.
Still in that forest of the early morning, always in our forest.
But now the squirrels will be lovely swift flames, real little flames;
and the spiderwebs, celestial precious stones;
and the running of deer, the age-old flight of the stars in search of God.
And I will continue to lull your dark sleep, I will continue to sing to you.
You will hear the hidden music, the music that rules the universe.
And far off in your dream, Mother, you will think that it's your son
    sending the music. Perhaps it's true: for a heart is what moves
    the world.

Mother, don't be frightened. Sweetly lulled, in the forest you will sleep
    the deepest sleep.
Wait for me in your sleep. Wait there for your son, my mother.

A Pizca

Bestia que lloras a mi lado, dime:
¿Qué dios huraño
te remueve la entraña?
¿A quién o a qué vacío
se dirige tu anhelo,
tu oscuro corazón?
¿Por qué gimes, qué husmeas, qué avizoras?
¿Husmeas, di, la muerte?
¿Aúllas a la muerte,
proyectada, cual otro can famélico,
detrás de mí, de tu amo?
Ay, Pizca,
tu terror es quizá sólo el del hombre
que el bieldo enarbolaba,
o el horror a la fiera
más potente que tú.
Tú, sí, Pizca; tal vez lloras por eso.
Yo, no.

To Pizca

Beast weeping at my side, tell me:
What sullen god
is stirring you up inside?
To whom or to what emptiness
is your longing addressed,
your obscure heart?
Why do you whimper, what are you sniffing at, what are you staring at?
Tell me, do you sniff death?
Are you howling at death,
projected, like another hungry dog,
behind me, your master?
Alas, Pizca,
perhaps you are terrified only of the man
raising his winnowing fork up high,
or scared of the wild animal
more powerful than you.
In your case, yes, Pizca; maybe that's what you're weeping about.
But not I.

Lo que yo siento es
un horror inicial de nebulosa;
o ese espanto al vacío,
cuando el ser se disuelve, esa amargura
del astro que se enfría entre lumbreras
más jóvenes, con frío sideral,
con ese frío que termina
en la primera noche, aún no creada;
o esa verdosa angustia del cometa
que, antorcha aún, como oprimida antorcha,
invariablemente, indefinidamente,
cae,
pidiendo destrucción, ansiando choque.
Ah, sí, que es más horrible
infinito caer sin dar en nada,
sin nada en que chocar. Oh viaje negro,
oh poza del espanto:
y, cayendo, caer y caer siempre.

Las sombras que yo veo tras nosotros,
tras ti, Pizca, tras mí,
por las que estoy llorando,
ya ves, no tienen nombre:
son la tristeza original,
son la amargura
primera,
son el terror oscuro,
ese espanto en la entraña
de todo lo que existe
(entre dos noches, entre dos simas, entre dos mares),
de ti, de mí, de todo.
No tienen, Pizca, nombre, no; no tienen nombre.

What I feel is
an initial nebular horror;
or that terror of emptiness,
when being is dissolved away, that bitterness
of the star growing cold among younger
luminaries, with a star-space coldness,
with that coldness which ends
in the first night of all, as yet uncreated;
or that greenish anguish of the comet
which, still a torch, like an oppressed torch,
unceasingly, indefinitely,
falls,
asking for destruction, yearning for collision.
Ah yes, it is more horrible
to fall infinitely without striking against anything,
having nothing to collide with. Oh black journey,
wellshaft of fright;
and, falling, to fall and always fall.

The shadows that I see behind us,
behind you, Pizca, behind me,
which cause me to weep,
you see now, have no name;
they are the original sadness,
they are the bitterness
primeval,
they are the dark terror,
that fright in the insides
of everything that exists
(between two nights, between two abysms, between two seas)—
of you, of me, of everything.
They have no name, Pizca, no; they have no name.

En la sombra

Sí: tú me buscas.

A veces en la noche yo te siento a mi lado,
que me acechas,
que me quieres palpar,
y el alma se me agita con el terror y el sueño,
como una cabritilla, amarrada a una estaca,
que ha sentido la onda sigilosa del tigre
y el fallido zarpazo que no incendió la carne,
que se extinguió en el aire oscuro.

Sí: tú me buscas.

Tú me oteas, escucho tu jadear caliente,
tu revolver de bestia que se hiere en los troncos,
siento en la sombra
tu inmensa mole blanca, sin ojos, que voltea
igual que un iceberg que sin rumor se invierte en el agua salobre.

Sí: me buscas.
Torpemente, furiosamente lleno de amor me buscas.

In the Shadow

Yes, you are seeking me.

Sometimes at night I feel you at my side,
that you're spying on me,
that you want to touch me,
and my soul becomes agitated with terror and sleepiness,
like a little she-goat, tied to a stake,
who has felt the stealthy emanation of the tiger
and the frustrated claw-slash that did not ignite her flesh,
that was extinguished in the dark air.

Yes, you are seeking me.

You look me over, I hear your hot panting,
your milling around like a beast striking against tree-trunks;
I feel in the shadow
your immense white bulk, eyeless, turning over
like an iceberg that soundlessly turns upside down in the salt water.

Yes, you're seeking me.
Clumsily, furiously full of love you're seeking me.

No me digas que no. No, no me digas
que soy náufrago solo
como esos que de súbito han visto las tinieblas
rasgadas por la brasa de luz de un gran navío,
y el corazón les puja de gozo y de esperanza.
Pero el resuello enorme
pasó, rozó lentísimo, y se alejó en la noche, indiferente y sordo.

Dime, di que me buscas.
Tengo miedo de ser náufrago solitario,
miedo de que me ignores
como al náufrago ignoran los vientos que le baten,
las nebulosas últimas, que, sin ver, le contemplan.

Don't tell me that you aren't. No, don't tell me
that I am a solitary castaway
like those who suddenly saw the darkness
torn open by the glow of light from a great ship,
and their hearts surged with joy and hope.
But its enormous breathing
went by, brushed by very slowly, and went away in the night, indifferent
and deaf.

Tell me, say that you're seeking me.
I'm afraid of being a solitary castaway,
afraid of your ignoring me
as the castaway is ignored by the winds that beat upon him,
by the ultimate nebulae that, without seeing, look at him.

La obsesión

Tú. Siempre tú.
Ahí estás,
moscardón verde,
hocicándome testarudo,
batiendo con zumbido interminable
tus obstinadas alas, tus poderosas alas velludas,
arrinconando esta conciencia, este trozo de conciencia empavorecida,
izándola a empellones tenaces
sobre las crestas últimas, ávidas ya de abismo.

Alguna vez te alejas,
y el alma, súbita, como oprimido muelle que una mano en el juego un
     instante relaja,
salta y se aferra al gozo, a la esperanza trémula,
a luz de Dios, a campo del estío,
a estos amores próximos que, mudos, en torno de mi angustia, me
     interrogan
con grandes ojos ignorantes.
Pero ya estás ahí, de nuevo,
sordo picón, ariete de la pena,
agrio berbiquí mío, carcoma de mi raíz de hombre.
¿Qué piedras, qué murallas
quieres batir en mí,
oh torpe catapulta?

The Obsession

You. Always you.
There you are,
big green fly,
stubbornly nuzzling me,
with an interminable buzz beating
your obstinate wings, your powerful hairy wings,
cornering my consciousness, this bit of terrified consciousness,
hoisting it with tenacious yanks
to the top of the last peaks, which are avid for the abyss.

Sometimes you go away,
and my soul, suddenly, like a compressed coiled spring that a hand in the
    game lets loose for an instant,
leaps and lays hold of joy, of tremulous hope,
of God's light, summery countryside,
of these nearby loves that mutely, encircling my anguish, interrogate me
with great ignorant eyes.
But now you're back there again,
dull stinger, battering ram of suffering,
my bitter drill, dry-rot in my man-root.
What stones, what walls
do you want to beat against in me,
oh clumsy catapult?

Sí, ahí estás,
peludo abejarrón.
Azorado en el aire,
sacudes como dudosos diedros de penumbra,
alas de pardo luto,
oscilantes, urgentes, implacables al cerco.
Rebotado de ti, por el zigzag
de la avidez te enviscas
en tu presa,
hocicándome, entrechocándome siempre.

No me sirven mis manos ni mis pies,
que afincaban la tierra, que arredraban el aire,
no me sirven mis ojos, que aprisionaron la hermosura,
no me sirven mis pensamientos, que coronaron mundos a la caza de Dios.

Heme aquí, hoy, inválido ante ti,
ante ti,
infame criatura, en tiniebla nacida,
pequeña lanzadera
que tejes ese ondulante paño de la angustia,
que me ahoga
y ya me va a extinguir como se apaga el eco
de un ser con vida en una tumba negra.

Yes, there you are,
big hairy bumblebee.
Hovering in the air,
you shake, like the elusive shadows of intersecting planes,
your wings of dark mourning,
which oscillate urgently and implacably in the siege.
Bouncing off yourself, in a zigzag
of avidity you glue yourself
to your prey,
nuzzling me, always striking against me.

My hands and my feet are no good to me,
which gripped the earth, which thrashed the air,
my eyes are no good to me, which captured beauty,
my thoughts are no good to me, which surmounted worlds hunting
    for God.

See me here today, helpless before you,
before you,
infamous creature, born in the darkness,
little shuttle
weaving this undulant cloth of anguish,
which suffocates me
and will soon extinguish me just as the echo dies down
of a living being in a black tomb.

Duro, hiriente, me golpeas una vez y otra vez,
extremo diamantino
de vengador venablo, de poderosa lanza.
¿Quién te arroja o te blande?
¿Qué inmensa voluntad de sombra así se obstina
contra un solo y pequeño (¡y tierno!) punto vivo de los espacios
    cósmicos?
No, ya no más, no más, acaba, acaba,
atizonador de mi delirio,
hurgón de esto que queda de mi rescoldo humano,
menea, menea bien los últimos encendidos carbones,
y salten las altas llamas purísimas, las altas llamas cantoras,
proclamando a los cielos
la gloria, la victoria final
de una razón humana que se extingue.

Hard, piercing, you strike me again and again,
the diamond point
of an avenging spear, a powerful lance.
Who throws or brandishes you?
What immense shadowy will can be so insistent
against a single small (and tender!) living point within cosmic space?
No, enough, no more, finish, finish,
stirrer of my delirium,
poker of what's left of my human embers,
stir up, stir up thoroughly the last burning coals,
and let the lofty flames leap most pure, the lofty singing flames,
proclaiming to the heavens
the glory, the final victory
of a human mind being consumed.

Dolor

Hacia la madrugada
me despertó de un sueño dulce
un súbito dolor,
un estilete
en el tercer espacio intercostal derecho.

Fino, fino
iba creciendo y en largos arcos se irradiaba.
Proyectaba raíces, que, invasoras,
se hincaban en la carne,
desviaban, crujiendo, los tendones,
perforaban, sin astillar, los obstinados huesos durísimos,
y de él surgía todo un cielo de ramas
oscilantes y aéreas,
como un sauce juvenil bajo el viento,
ahora iluminado, ahora torvo,
según los galgos-nubes galopan sobre el campo
en la mañana
primaveral.

Sí, sí, todo mi cuerpo era como un sauce abrileño, como un sutil dibujo,
como un sauce temblón, todo delgada tracería,
largas ramas eléctricas,
que entrechocaban con descargas breves,
entrelazándose, disgregándose,
para fundirse en nódulos o abrirse
en abanico.

Pain

Toward dawn
I was awakened from a sweet sleep
by a sudden pain,
a stiletto
in the third intercostal space on the right.

Subtly, subtly
it kept growing and spreading in long arcs.
It put out roots, which, invading,
sank themselves into the flesh,
pushed aside the crackling tendons,
perforated, without splintering, the hard, obstinate bones,
and from it there sprang up a whole skyful of branches
oscillating and airy,
like a young willow in the wind,
now bright, now dark,
as the greyhound clouds race over the field
in the springtime
morning.

Yes, yes, my whole body was like an April willow, like a delicate sketch,
like a trembly willow, all fine tracery,
long electric branches
which touched one another with brief discharges,
interlacing, separating,
to be soldered in nodules or to open up
like a fan.

¡Ay!
Yo, acurrucado junto a mi dolor,
era igual que un niñito de seis años
que contemplara absorto
a su hermano menor, recién nacido,
y de pronto le viera
crecer, crecer, crecer,
hacerse adulto, crecer
y convertirse en un gigante,
crecer, pujar, y ser ya cual los montes,
pujar, pujar, y ser como la vía láctea,
pero de fuego,
crecer aún, aún,
ay, crecer siempre.
Y yo era un niño de seis años
acurrucado en sombra junto a un gigante cósmico.

Y fue como un incendio,
como si mis huesos ardieran,
como si la medula de mis huesos chorreara fundida,
como si mi conciencia se estuviera abrasando,
y abrasándose, aniquilándose,
aún incesantemente
se repusiera su materia combustible.

Fuera, había formas no ardientes,
lentas y sigilosas,
frías:
minutos, siglos, eras:
el tiempo.
Nada más: el tiempo frío, y junto a él un incendio universal,
        inextinguible.

Oooh!
Crouched beside my pain,
I was just like a little six-year-old
staring intently
at his newborn baby brother,
and suddenly seeing him
grow, grow, grow,
become an adult, grow
and turn into a giant,
grow, rise, and become like the mountains,
rise, rise, and be like the Milky Way,
but made of fire,
grow more and more,
oh, growing constantly.
And I was a six-year-old
crouched in the shadow beside a cosmic giant.

And it was like a fire,
as if my bones were burning,
as if the marrow in my bones were melting and dripping,
as if my consciousness were ablaze,
and, blazing as it destroyed itself,
were replacing its own combustible material.

Outside, there were shapes that weren't burning,
slow and stealthy ones,
cold:
minutes, centuries, aeons:
time.
That's all: cold time, and beside it a universal conflagration,
    inextinguishable.

Y rodaba, rodaba el frío tiempo, el impiadoso tiempo sin cesar,
mientras ardía con virutas de llamas,
con largas serpientes de azufre,
con terribles silbidos y crujidos,
siempre,
mi gran hoguera.
Ah, mi conciencia ardía en frenesí,
ardía en la noche,
soltando un río líquido y metálico
de fuego,
como los altos hornos
que no se apagan nunca,
nacidos para arder, para arder siempre.

And cold time kept turning, turning, pitiless time unceasing,
while it kept burning with curled shavings of flame,
with long snakes of sulphur,
with terrible whistlings and crunchings,
constantly,
my great bonfire.
Ah, my consciousness was frenziedly burning,
burning in the night,
giving off a liquid, metallic river
of fire;
like those blast furnaces
that never go out,
predestined to burn, to burn forever.

El alma era lo mismo que una ranita verde

El alma era lo mismo
que una ranita verde,
largas horas sentada sobre el borde
de un rumoroso
Misisipí.
Desea el agua, y duda. La desea
porque es el elemento para que fue criada,
pero teme
el bramador empuje del caudal,
y, allá en lo oscuro, aún ignorar querría
aquel inmenso hervor
que la puede apartar (ya sin retorno,
hacia el azar sin nombre)
de la ribera dulce, de su costumbre antigua.
Y duda y duda y duda la pobre rana verde.

My Soul Was Just Like a Little Green Frog

My soul was just like
a little green frog,
sitting for long hours at the edge
of a resounding
Mississippi.
It desires the water, and it hesitates. It desires
because water is the element for which it was formed,
but it fears
the bellowing surge of the current,
and over there in the darkness, the frog would still like to ignore
that immense turbulence
that can sweep it away (without return,
toward nameless chance)
from the pleasant riverbank, from old habits.
And the poor green frog hesitates and hesitates and hesitates.

Y hacia el atardecer,
he aquí que, de pronto,
un estruendo creciente retumba derrumbándose,
y enfurecida salta el agua
sobre sus lindes,
y sube y salta
como si todo el valle fuera
un hontanar hirviente,
y crece y salta
en rompientes enormes,
donde se desmoronan
torres nevadas contra el huracán,
o ascienden, dilatándose
como gigantes flores que se abrieran al viento,
efímeros arcángeles de espuma.
Y sube, y salta, espuma, aire, bramido,
mientras a entrambos lados rueda o huye,
oruga sigilosa o tigre elástico
(fiera, en fin, con la comba del avance)
la lámina de plomo que el ancho valle oprime.

Oh, si llevó las casas, si desraigó los troncos,
si casi horadó montes,
nadie pregunta por las ranas verdes...

And toward evening,
here comes, suddenly,
a noisy wave that breaks and rolls and tumbles,
and the furious water leaps
beyond its edges,
and it rises and leaps
as if the whole valley were
a bubbling spring,
and it grows and leaps
in enormous breakers,
on which snowy towers
tumble down against the high wind,
or rise up, spreading out
like giant flowers opening in the breeze,
ephemeral archangels of foam.
And it rises, and leaps—foam, air, rumble—
while on both sides there rolls or runs along,
like a stealthy caterpillar or a bouncing tiger
(a wild beast, in sum, with its advancing undulation),
the heavy sheet of lead that floods the wide valley.

Oh, if it swept away houses, if it uprooted trees,
if it almost made holes through mountains,
no one asks about green frogs . . .

...¡Ay, Dios,
cómo me has arrastrado,
cómo me has desarraigado,
cómo me llevas
en tu invencible frenesí,
cómo me arrebataste
hacia tu amor!
Yo dudaba.
No, no dudo:
dame tu incógnita aventura,
tu inundación, tu océano,
tu final,
la tromba indefinida de tu mente,
dame tu nombre,
en ti.

. . . Oh my God,
how you have swept me along,
how you have uprooted me,
how you carry me
upon your invincible madness,
how you have snatched me away
toward your love!
I used to hesitate.
No, I'm not hesitating:
give me your unknown adventure,
your flood, your ocean,
your ending,
the indefinite waterspout of your mind,
give me your name,
in you.

Vida del hombre

Oh niño mío, niño mío,
¡cómo se abrían tus ojos
contra la gran rosa del mundo!

Sí,
tú eras ya una voluntad.
Y alargabas la manecita
por un cristal transparente
que no ofrecía resistencia:
el aire,
ese dulce cristal
transfundido por el sol.

Querías coger la rosa.
Tú no sabías
que ese cristal encendido
no es cristal, que es un agua verde,
agua salobre de lágrimas,
mar alta y honda.

Y muy pronto,
ya alargabas tras la mano
de niño, tu hombro ligero,
tus alas de adolescente.

¡Y allá se fue el corazón
viril!

Man's Life

Oh my boy, my baby boy,
how your eyes began to open up
against the great rose of the world!

Yes,
you were already a will.
And you stretched out your little hand
through a transparent crystal
that offered no resistance:
air,
that sweet crystal
transfused by the sun.

You wanted to pluck the rose.
You didn't know
that the glowing crystal
isn't crystal, that it's green water,
salt water of tears,
a high, deep sea.

And very soon
you were stretching out, after your boyish
hand, your swift shoulder,
your adolescent wings.

And there went your manly
heart!

Y ahora,
ay, no mires,
no mires porque verás
que estás solo,
entre el viento y la marea.
(Pero ¡la rosa, la rosa!)

Y una tarde
(¡olas inmensas del mar, olas que ruedan los vientos!)
se te han de cerrar los ojos contra la rosa lejana,
¡tus mismos ojos de niño!

And now,
oh don't look,
don't look because you'll see
that you are alone,
between the wind and the tide.
(But the rose, the rose!)

And one evening
(immense waves of the sea, waves rolled by the winds!)
your eyes are going to close against the distant rose,
your same baby eyes!

Nota preliminar a "Los insectos"

Protesta usted, indignada, de mi poema *Los Insectos*. Ya la hubiera querido ver a usted en aquella noche de agosto de 1932, en este desierto de Chamartín, en este Chamartín, no de la Rosa, sí del cardo corredor, de la lata vieja y del perro muerto. Altas horas. La ventana abierta, la lámpara encendida, trabajaba yo. Y sobre la lámpara, sobre mi cabeza, sobre la mesa, se precipitaban inmensas bandadas de insectos, unos pegajosos y blandos, otros con breve choque de piedra o de metal: brillantes, duros, pesados coleópteros; minúsculos hemípteros saltarines, y otros que se levantan volando sin ruido, con su dulce olor a chinche; monstruosos, grotescos ortópteros; lepidópteros en miniatura, de esos que Eulalia llama *capitas*; vivaces y remilgados dípteros; tenues, delicadísimos neurópteros. Todos extraños y maravillosos. Muchos de ellos, adorables criaturas, lindos, lindos, como para verlos uno a uno, y echarse a llorar, con ternura de no sé qué, con nostalgia de no sé qué. Ah, pero era su masa, su abundancia, su incesante fluencia, lo que me tenía inquieto, lo que al cabo de un rato llegó a socavar en mí ese pozo interior y súbito, ese acurrucarse el ser en un rincón, sólo en un rincón de la conciencia: el espanto. He leído terrores semejantes de viajeros por el Africa ecuatorial. Un reino magnífico y fastuoso, un reino extraño, ajeno al hombre e incomprensible para él, había convocado sus banderas, había precipitado sus legiones en aquella noche abrasada, contra mí. Y cada ser nuevo, cada forma viva y extraña, era una amenaza distinta, una nueva voz del misterio. Signos en la noche, extraños signos contra mí. ¿Mi destrucción?

Y había dos géneros monstruosos que en especial me aterrorizaban. Grandes ejemplares de *mantis religiosa* venían volando pesadamente (yo no sabía que este espantoso y feroz animal fuera capaz de vuelo), y caían, proféticos, sobre mí o chocaban contra la lámpara. Cada vez que esto sucedía, corría por mi cuerpo y por mi alma un largo rehilamiento de terror. Junte usted además el espanto de las crisopas. Son éstas unos neurópteros delicadísimos, de un verde, ¿cómo decírselo a usted?, de un

Preliminary Note to the "The Insects"

You protest indignantly against my poem "The Insects." I wish I could have seen you, my dear lady, on that August night of 1932, in this desert of Chamartín, this Chamartín, not "of the Rose," but of the nettle vine, the old tin can, and the dead dog. Late at night. With window open, lamp burning, I was working. And upon the lamp, upon my head, upon the table there poured immense hordes of insects, some of them soft and sticky, others clicking like stone or metal: brilliant, hard, heavy coleopters; tiny, jumping hemipters, and others that go flying up noiselessly, with their sweet bedbug smell; monstrous, grotesque orthopters; miniature lepidopters, the ones that Eulalia calls "capitas" or "little capes"; vivacious, prim dypters; tenuous, very delicate neuropters. All strange and wonderful. Many of them adorable creatures, so very pretty that you want to look at them one by one, and burst into tears, with a tenderness and a nostalgia that I can't explain. Ah, but it was their mass, their abundance, their incessant fluidity that made me uneasy, that after a while began to drill into me that sudden, inner wellshaft, that huddling up of the self in one corner, in only one corner of consciousness: terror. I have read of similar feelings in travelers through equatorial Africa. A magnificent proud kingdom, a strange kingdom, alien and incomprehensible to man, had summoned its troops, and precipitated its legions, that burning night, upon me. And each new being, each strange and living form, was a different threat, a new voice of the mystery. Signs in the night, strange signs against me. My destruction?

And there were two monstrous types that especially terrorized me. Great specimens of praying mantis would come flying heavily (I didn't know that this frightful and ferocious animal was capable of flight), and would fall, prophetically, upon me, or would strike against the lamp. Each time this would happen, through my body and my soul would run a long string of horror. And add to this the terror of the chrysops. These are a very delicate sort of neuropter, of a green color (how can I explain it to

verde no terreno, trasestelar, soñado, con un cuerpo minúsculo y largas alas de maravillosa tracería. Como su nombre indica, y usted sabe (puesto que usted ha hecho, como yo, los primeros pinitos de griego) tienen los ojos dorados: dos bolitas diminutas de un oro purísimo. Oh, créame usted, mucho más bellas que lo que llamamos oro. Pero ocurrió que me pasé las manos por la cara y quedé asombrado: yo estaba podrido. No, no era a muerto: no estaba muerto, no. No era la podredumbre que se produce sobre la muerte, sino la que se produce en los seres vivos. Oh, perdone usted, perdóneme usted, mi querida amiga: piense usted en una cloaca que fuera una boca humana, o en una boca humana que fuera una cloaca. Y ahora intensifique ese olor; multiplique su fría animosidad, su malicia antihumana, su poder de herir o picar en la pituitaria y producir una conmoción, una alarma frenética en no sé qué centro nervioso, atávicamente opuesto a su sentido; concentre usted aún más y piense en la idea pura del olor absoluto. Y entonces tendrá usted algo semejante. ¡Oh Dios mío! ¡Oh gran Dios! Sin duda la fétida miseria de mi alma había terminado de inficionar mi cuerpo. Porque aquello era mucho más que mi habitual putrefacción. El horrendo olor se repitió muchas veces, y llegué a observar que, siempre, después de tocarme una crisopa. No lo sabía antes. Luego he podido comprobar que estos animales (por lo menos en las noches de verano) son nada más que bellísimas sentinas.

Oh, yo la hubiera querido ver allí, mi querida amiga. Mi alma se llenó de náuseas, de espanto y de furia, y, alucinado, demente, escribí el poema que a usted tanto le molesta.

(De una carta del autor a la Sra. de H.)

you?), of an unearthly, transstellar green, dreamlike, with a tiny body and long wings of marvelous tracery. As their name indicates, and you know (since you, like me, were exposed to the elements of Greek), they have golden eyes: two diminutive marbles of a very pure gold. Oh believe me, much more lovely than what we call gold. But it so happened that I ran my hands over my face and I was astounded: I was rotting! No, not in a dead way; I wasn't dead, no. It wasn't the sort of rot produced upon death, but the sort produced on living beings. Forgive me, forgive me, my dear friend: think of a sewer that was a human mouth, or of a human mouth that was a sewer. And now intensify that stench; multiply its cold animosity, its antihuman malice, its power to strike or incite the pituitary gland and to produce a disturbance, a frenzied alarm in some nerve center or other, atavistically opposed to this smell; concentrate still more and think of the pure idea of absolute odor. And then you'll have something similar. Oh my God! Great God! Undoubtedly the fetid misery of my soul had finally infected my body. Because this was much more than my usual putrifaction. The horrendous stench was repeated many times, and I finally discovered that it was always after a chrysop had touched me. I didn't know it before. Since then I have been able to confirm that these little creatures (at least on summer nights) are neither more nor less than lovely cesspools.

Oh, I would like to have seen you there, my dear friend. My soul filled with nausea, terror, and fury, and hypnotically, dementedly, I wrote the poem that annoys you so much.

(From a letter by the author to Mrs. H.)

Los insectos

A José María de Cossío

Me están doliendo extraordinariamente los insectos,
porque no hay duda estoy desconfiando de los insectos,
de tantas advertencias, de tantas patas, cabezas y esos ojos,
oh, sobre todo esos ojos
que no me permiten vigilar el espanto de las noches,
la terrible sequedad de las noches, cuando zumban los insectos,
de las noches de los insectos,
cuando de pronto dudo de los insectos, cuando me pregunto: ah, ¿es
      que hay insectos?,
cuando zumban y zumban y zumban los insectos,
cuando me duelen los insectos por toda el alma,
con tantas patas, con tantos ojos, con tantos mundos de mi vida,
que me habían estado doliendo en los insectos,
cuando zumban, cuando vuelan, cuando se chapuzan en el agua,
      cuando...
¡ah!, cuando los insectos.

Los insectos devoran la ceniza y me roen las noches,
porque salen de tierra y de mi carne de insectos los insectos.
¡Disecados, disecados, los insectos!
Eso: disecados los insectos que zumbaban, que comían, que roían, que se
      chapuzaban en el agua,
¡ah, cuando la creación!, el día de la creación,
cuando roían las hojas de los insectos, de los árboles de los insectos,
y nadie, nadie veía a los insectos que roían, que roían el mundo,
el mundo de mi carne (y la carne de los insectos),
los insectos del mundo de los insectos que roían.

The Insects

To José María de Cossío

I'm being extraordinarily bothered by the insects,
for there is no doubt that I am suspicious of the insects,
of so many warnings, of so many feet, heads, and those eyes,
oh, especially those eyes
that don't allow me to keep vigil over the terror of the nights,
the frightful dryness of the nights, when the insects buzz,
on the nights of the insects,
when suddenly I am dubious about insects, when I ask myself: "But are
      there really insects?"
when they buzz and buzz and buzz, the insects,
when the insects ache throughout my entire soul,
with so many feet, with so many eyes, with so many worlds of my life,
that have been hurting me in the insects,
when they buzz, when they fly, when they plunge into the water, when . . .
oh! when there are insects.

The insects devour ashes and gnaw my nights,
for they come out of the ground and out of my insect flesh, the insects.
Dried and mounted, the insects!
That's it: mounted, the insects that buzzed, that ate, that gnawed, that
      dove into the water,
oh, at creation! on the day of creation,
when they were gnawing the leaves of the insects, of the trees of the
      insects,
and nobody, nobody saw the insects that gnawed, that gnawed the world,
the world of my flesh (and the flesh of the insects),
the insects of the world of the insects that gnawed.

Y estaban verdes, amarillos y de color de dátil, de color de tierra seca
    los insectos,
ocultos, sepultos, fuera de los insectos y dentro de mi carne, dentro de
    los insectos y fuera de mi alma,
disfrazados de insectos.
Y con ojos que se reían y con caras que se reían y patas
(y patas, que no se reían), estaban los insectos metálicos royendo,
    royendo y royendo mi alma, la pobre,
zumbando y royendo el cadáver de mi alma que no zumbaba y que
    no roía,
royendo y zumbando mi alma, la pobre, que no zumbaba, eso no, pero
    que por fin roía (roía dulcemente),
royendo y royendo este mundo metálico y estos insectos metálicos que
    me están royendo el mundo de pequeños insectos,
que me están royendo el mundo y mi alma,
que me están royendo mi alma toda hecha de pequeños insectos
    metálicos,
que me están royendo el mundo, mi alma, mi alma,
y, ¡ah!, los insectos,
y, ¡ah!, los puñeteros insectos.

And they were green, yellow, and date-colored, the color of dry earth,
    the insects,
occult, sepulchered, outside the insects and inside my flesh, inside the
    insects and outside my soul,
disguised as insects.
And with eyes that laughed and with faces that laughed and feet
(and feet, that didn't laugh), the metallic insects were gnawing, gnawing,
    gnawing my soul, poor thing,
buzzing and gnawing the corpse of my soul that didn't buzz and didn't
    gnaw,
gnawing and buzzing my soul, poor thing, that didn't buzz, no, but that
    finally gnawed (gently gnawing),
gnawing and gnawing this metallic world and these metallic insects that
    are gnawing my world of little insects,
that are gnawing my world and my soul,
that are gnawing my soul all made of little metallic insects,
that are gnawing my world, my soul, my soul,
and oh! the insects,
and oh! the goddam insects.

Hombre

Hombre,
gárrula tolvanera
entre la torre y el azul redondo,
vencejo de una tarde, algarabía
desierta de un verano.

Hombre, borrado en la expresión, disuelto
en ademán: sólo flautín bardaje,
sólo terca trompeta,
híspida en el solar contra las tapias.

Hombre,
melancólico grito,
¡oh solitario y triste
garlador!: ¿dices algo, tienes algo
que decir a los hombres o a los cielos?
¿Y no es esa amargura
de tu grito, la densa pesadilla
del monólogo eterno y sin respuesta?

Hombre,
cárabo de tu angustia,
agüero de tus días
estériles, ¿qué aúllas, can, qué gimes?
¿Se te ha perdido el amo?

No: se ha muerto.
¡Se te ha podrido el amo en noches hondas,
y apenas sólo es ya polvo de estrellas!
Deja, deja ese grito,
ese inútil plañir, sin eco, en vaho.
Porque nadie te oirá. Solo. Estás solo.

Man

Man,
a garrulous twister
between the tower and the round blueness,
an afternoon's swift, a summer's
empty jabbering.

Man, blotted in expression, blurred
in gesture: just an effeminate piccolo,
just an insistent trumpet,
strident in the empty lot against the walls.

Man,
a melancholy cry,
oh sad and solitary
babbler! are you saying anything, do you have anything
to say to men or to the heavens?
And isn't the bitterness
of your cry the dense nightmare
of the monologue which is eternal and without reply?

Man,
hoot-owl of your anguish,
omen of your sterile
days, what are you howling, dog, what are you whining?
Have you lost your master?

No: he has died.
Your master has rotted away on deep nights,
and now is hardly more than star dust!
Stop, stop that crying,
that useless lamenting, without echo, in the mist.
Because no one will hear you. Alone. You're alone.

Raíces del odio

¡Oh profundas raíces,
amargor de veneno hasta mis labios
sin estrellas, sin sangre!
¡Furias retorcedoras
de una vida delgada en indeciso
perfume! ¡Oh yertas, soterradas furias!

¿Quién os puso en la tierra
del corazón? Que yo buscaba pájaros
de absorto vuelo en la azorada tarde,
jardines vagos cuando los crepúsculos
se han hecho dulce vena,
tersa idea divina,
si hay tercas fuentes, sollozante música,
dulces sapos, cristal, agua en memoria.
Que yo anhelaba aquella flor celeste,
rosa total — sus pétalos estrellas,
su perfume el espacio,
y su color el sueño —
que en el tallo de Dios se abrió una tarde,
conjunción de los átomos en norma,
el tibio, primer día,
cuando amor se ordenaba en haces de oro.

Y llegabais vosotras, llamas negras,
embozadas euménides, enlutados espantos,
raíces sollozantes,
vengadoras raíces,
seco jugo de bocas ya borradas.

Roots of Hatred

Oh deep roots,
poison's bitterness up to my lips,
starless, bloodless!
Furies that twist
a slender life of uncertain
perfume! Oh rigid, underground furies!

Who put you in the earth
of the heart? I was looking for birds
of raptured flight in the hovering afternoon,
for vague gardens when twilights
have become sweet inspiration,
a terse idea divine,
if there are such things as stubborn fountains, sobbing music,
sweet toads, crystal, water, remembrance.
I yearned for that celestial flower,
the total rose—its petals stars,
its perfume space,
and its color dreams —
which on God's stem opened up one afternoon,
a conjunction of balanced atoms,
that mild first day,
when love was arranging itself in sheaves of gold.

And you began to come, black flames,
veiled Eumenides, mourning-clothed frights,
sobbing roots,
vengeful roots,
dry juice of extinguished mouths.

¿De dónde el huracán,
el fúnebre redoble
del campo, los sequísimos
nervios, mientras los agrios violines
hacen crujir, saltar las cuerdas últimas?
¡Y ese lamer, ese lamer constante
de las llamas de fango,
voracidad creciente
de las noches de insomnio, negra hiedra
del corazón, mano de lepra en flecos
que retuerce, atenaza
las horas secas, nítidas,
inacabables, ay,
hozando con horrible
mucosidad,
tibia mucosidad,
la boca virginal, estremecida!
¡Oh! ¿De dónde, de dónde, vengadoras?

¡Oh vestiglos! ¡Oh furias!
Ahí tenéis el candor, los tiernos prados,
las vaharientas vacas de la tarde,
la laxitud dorada y el trasluz
de las dulces ojeras,
¡ay viñas de San Juan,
cuando la ardiente lanza del solsticio
se aterciopela en llanto!

Ahí tenéis la ternura
de las tímidas manos ya no esquivas,
de manos en delicia, abandonadas
a un fluir de celestes nebulosas,
y las bocas de hierba suplicante
próximas a la música del río.
¡Ay del dulce abandono! ¡Ay de la gracia
mortal de la dormida primavera!

Where does the hurricane come from,
the sinister drumming of hooves
upon the plain, the very dry
nerves, while the harsh violins
make their last strings crackle and leap?
And that licking, that constant licking
of the slimy flames,
the growing voracity
of insomniac nights, black ivy
of the heart, dangling leprous hand
which wrings, torments
the dry, clear, endless
hours, alas, which
fumbles with horrible
sliminess,
warm sliminess,
at the virginal mouth that shudders!
Oh, from where, from where, avengers?

Oh ghosts! Oh furies!
There you have the candor, the tender meadows,
the warm-breathed cows of misty evening,
the golden relaxation and the gleam
of lovely eye rings,
oh midsummer vineyards,
when the burning lance of the solstice
becomes velvety with tears!

There you have the tenderness
of the timid hands no longer evasive,
of hands in delight, surrendered
to a flowing of heavenly nebulae,
and the mouths of the suppliant grass
near the music of the river.
Alas for the sweet abandon! Alas for the mortal
grace of sleeping springtime!

¡Ay palacios, palacios,
termas, anfiteatros, graderías,
que robasteis sus salas a los vientos!
¡Ay torres de mi afán, ay altos cirios
que vais a Dios por las estrellas últimas!
¡Ay del esbelto mármol, ay del bronce!

¡Ay chozas de la tierra,
que dais sueño de hogar al mediodía,
borradas casi en sollozar de fuente
o en el bullir del romeral solícito,
rubio de miel sonora!

¿Pero es que no escucháis, es que no veis
cómo el fango salpica
los últimos luceros putrefactos?
¿No escucháis el torrente de la sangre?
¡Y esas luces moradas,
esos lirios de muerte, que galopan
sobre los duros hilos de los vientos!

Sí, sois vosotras, hijas de la ira,
frenéticas raíces
que penetráis, que herís,
que hozáis, que hozáis con vuestros secos brazos,
flameantes banderas de victoria,
donde lentas se yerguen,
súbitas se desgarran
las afiladas testas viperinas.

Alas palaces, palaces,
baths, amphitheaters, stone seats
which have robbed the winds of their parlors!
Alas towers of my eagerness, tall candles
that reach up to God by way of the last stars!
Alas for the slender marble, alas for the bronze!

Alas rustic huts,
that provide homelike sleep at midday,
almost invisible within the sobbing of the fountain
or with the effervescence of the solicitous shrubs of thyme,
golden with buzzing honey!

But aren't you listening, don't you see
how the mud is being splashed
upon the last putrified stars?
Don't you hear the torrent of the blood?
And those purple lights,
those irises of death, that gallop
upon the hard threads of the winds!

Yes, it is you, children of wrath,
frenzied roots
that penetrate, that strike,
that probe, that probe with your dry arms,
banners of victory waving,
where slowly rise up,
suddenly burst forth
the sharp heads of the vipers.

Sádicamente, sabia-
mente, morosamente,
roéis la palpitante,
la estremecida pulpa voluptuosa.
Lúbricos se entretejen
los enormes meandros,
las pausadas anillas;
y las férreas escamas
abren rastros de sangre y de veneno.

¡Cómo atraviesa el alma vuestra gélida
deyección nauseabunda!
¡Cómo se filtra el acre,
el fétido sudor de vuestra negra
corteza sin luceros,
mientras salta en el aire en amarilla
lumbrarada de pus, vuestro maldito
semen...!
        ¡Morir! ¡Morir!
¡Ay, no dais muerte al mundo, sí alarido,
agonía, estertor inacabables!

Y ha de llegar un día
en que el mundo será sorda maraña
de vuestros fríos brazos,
y una charca de pus el ancho cielo,
raíces vengadoras,
¡oh lívidas raíces pululantes,
oh malditas raíces
del odio, en mis entrañas,
en la tierra del hombre!

Sadistically, knowingly,
lingeringly,
you gnaw at the palpitating,
shuddering, voluptuous pulp.
Sensually the enormous
coils intertwine,
the slow-paced rings;
and the iron scales
open furrows of blood and poison.

How one's soul is transfixed by your frozen
nauseous degradation!
How it penetrates, the acrid
fetid sweat of your black
starless hide,
while there leaps into the air, in a yellow
flare-up of pus, your cursed
semen . . .!
        To die! To die!
Alas, you don't give death to the world, but alarm,
death throes, and gasps that are unending!

And a day is to come
when the world will be a dull tangle
of your cold arms,
and the wide sky will be a puddle of pus,
vengeful roots,
oh livid pullulating roots,
oh cursed roots
of hatred, in my entrails,
in the earth of man!

La isla

¡Aquella extraña travesía
de Nueva York hasta Cherburgo!
Ni siquiera una vez se movió el mar,
ni osciló el barco:
siempre una lámina tensa,
ya aceitosa bajo neblinas,
ya acerada bajo soles imperturbables.
¡Y yo siempre en la borda,
en acecho del monstruo,
esperando su bostezo imponente,
su rugido,
su colear de tralla!

A veces pienso
que mi alma fuera
como una isla,
rodeado durante muchos años
de un espejo de azogue inconmovible,
igual a aquel del prodigioso viaje,
isla ufana de sus palmeras, de sus celajes, de sus flores,
llena de dulce vida y de interior isleño,
con villas diminutas, con sus mercados, con sendas
por las que tal vez corre a la aurora un cochecillo traqueteante,
pero, olvidada, ensimismada en sueños como suaves neblinas, quizá sin
      conocer
el ceñidor azul que la circunda,
ese metal que, bella piedra, acerado la engasta,
su razón de existir,
lo que le da su ser,
su forma de tierno reloj vivo, o de tortuga:
isla.

The Island

That strange crossing
from New York to Cherbourg!
Not even once did the sea stir,
or did the ship sway:
always a tight flat sheet,
now oily beneath mists,
now steely beneath imperturbable suns.
And I was always at the ship's side,
waiting to see the monster,
to see his imposing yawn,
his roar,
the whiplash of his tail!

At times I think
that my soul was
like an island,
surrounded for many years
by a mirror of impassive mercury,
the same as on that prodigious voyage,
an island proud of its palm trees, its skyscapes, its flowers,
full of sweet life and of insular interiority,
with tiny villages, with their marketplaces, with trails
along which perhaps there runs at dawn a clattering little coach,
but, forgotten, self-absorbed in dreams like gentle mists, perhaps unaware
of the blue belt that encircles it,
that metal which, as for a precious stone, is its steely setting,
its reason for existing,
what gives it its being,
its shape of an organic living watch, or of a turtle:
an island.

Y pienso
cuán prodigioso fue
que tú me rodearas,
que tú me contuvieras, Señor, así,
y que no me hayas destruído
en una lumbrarada súbita,
hostigando las olas con el acerbo látigo del viento gemidor,
para que, panteras aún con el furor del sueño,
de un salto se lanzaran
sobre su presa,
sino que hayas estado circundándome
45 años,
originándome
45 años,
callado y en reposo junto a tu criatura
más desvalida,
lo mismo que el enorme mastín paterno vela,
sin nana, sin arrullo,
el sueño
del niño más pequeño de la casa.
Y has sido para mí como un paisaje
nunca visto, ni soñado tampoco,
y como una música ni oída ni pensada,
que misteriosamente,
sin nosotros saberlo,
nos condicionan con secretos efluvios de belleza,
lo mismo que los astros más incógnitos,
esclavitud lejana nos imponen
con los apremios de su grave norma.

And I think
how prodigious it was
that you should have surrounded me,
that you should have contained me, Lord, in that way,
and that you haven't destroyed me
in a sudden blaze,
stirring up the waves with the sharp whip of the howling wind,
so that, like panthers still in a sleepy fury,
they would hurl themselves with a single leap
upon their prey;
but that instead you have been encircling me
for 45 years,
originating me
for 45 years,
silent and peaceful beside your most
helpless creature,
just as the enormous fatherly mastiff keeps watch,
without lullaby or humming,
over the sleep
of the smallest baby in the house.
And you have been for me like a landscape
never seen, or even dreamed of,
and like music never heard or thought of,
which mysteriously,
without our knowing it,
conditions us with secret effluvia of beauty,
just as the most unknown stars
impose upon us a distant slavery
with the grave compulsion of their astrological norm.

Y luego has comenzado
a agitarte, a agitarme.
Primero sólo un pliegue,
un pliegue sin murmullo, que, extenso al infinito,
avanza por la líquida llanura,
como la grada de un inmenso altar,
sordamente corrida por sigilosos ángeles que la acercan a Dios.
Después ha comenzado lejos la resaca, como un lamento de las bestias
      marinas,
y he visto pasar como horribles hipopótamos que avanzaran de lado,
las grandes olas de fondo,
los vientres enormes que ruedan y ruedan, ignorantes de su destino,
hasta que allá junto a la costa comienzan a parir sin gemido peinadas
      cabelleras intensamente verdes, que al fin, blanco purísimo,
      en arco se derraman,
para batir su fúnebre redoble sobre el tambor tirante de la arena;
y he visto las jacas desenfrenadas y unánimes, que rompieron por fin la
      rienda y chocan de frente con las estrías del acantilado,
como si todos los macillos de un piano inmenso fueran movidos a la vez
      por una mano gigante,
retirándose súbitamente para que el sonido no se difumine (como en el
      dulce mecanismo del piano),
y sólo asciende vertical la espuma de los heridos belfos.

And later you began
to move, to move yourself and me.
First only a pleat,
a fold without a murmur, which, stretching out infinitely,
advances over the liquid plain,
like the steps of an immense altar,
silently moved along by stealthy angels drawing them near to God.
Afterwards the undertow began in the distance, like a lamentation of
        sea beasts,
and I have seen go by, like horrible hippopotamuses
        advancing sideways,
the great waves from the depths,
the enormous bellies that roll on and on, ignorant of their destination,
until far away near the coast they begin to give silent birth to combed
        heads of hair intensely green, which finally, pure white, spill over
        in an arch,
only to beat their funeral dirge upon the tight drum of the sand;
and I have seen the unbridled, unanimous ponies that have finally broken
        their reins and crash headlong into the grooves of the rock,
as if all the little hammers of an immense piano were moved at the same
        time by a giant hand,
which is suddenly withdrawn so that the sound isn't gently prolonged
        (as by the piano's sweet mechanism),
and shooting straight up goes the foam from the ponies'
        bruised lips.

Y me he asomado en la noche
y he sentido bullir, subir, amenazadora, una marea inmensa y
 desconocida,
como cuando lentamente, apenas borboteante, sube la leche en el perol
 si en ella se acumulan danzando los genios sombríos del fuego.
Toda la vida oculta en el implacable mar, bulle y se levanta,
y el mar se alza como materia sólida, como un paño de luto,
como el brazo de un muerto levantará su sudario en el día de la
 resurrección o la venganza.

Y el ser misterioso crece, crece y sube,
como en la pesadilla de la madrugada la bestia que nos va a devorar.
Y crece, y lo sé unánime,
bullente, surgente,
con todos sus abismales espantos,
con sus más tórpidos monstruos,
con toda su vida, y con toda la muerte acumulada en su seno:
hasta los más tenebrosos valles submarinos
se han empinado sin duda sobre sus tristes hombros de vencidos titanes
 con un esfuerzo horrible.

Oh Dios,
yo no sabía que tu mar tuviera tempestades,
y primero creí que era mi alma la que bullía, la que se movía,
creí que allá en su fondo volaban agoreras las heces de tantos siglos de
 tristeza humana,
que su propia miseria le hacía hincharse como un tumefacto carbunclo.
Y eras tú.

Gracias, gracias, Dios mío,
tú has querido poner sordo terror y reverencia en mi alma infantil,
e insomnio agudo donde había sueño.
Y lo has logrado.

And I have looked out upon the night
and have felt boiling up, rising menacingly, a tide immense and unknown,
as when slowly, hardly bubbling, milk rises in the kettle if it accumulates
      enough of the dancing, shadowy spirits of the fire.
All of the life hidden in the implacable sea boils up and rises,
and the sea lifts itself like solid matter, like a piece of mourning crepe,
as the arm of a dead man will raise his shroud on the day of resurrection
      or vengeance.

And the mysterious being grows, grows and rises,
as in our early morning nightmare the beast that's going to devour us.
And it grows, and I know its singleness of purpose,
boiling, surging,
with all its abysmal horrors,
with its most torpid monsters,
with all its life, and with all the death accumulated in its bosom;
even the darkest undersea valleys
have no doubt climbed up upon their own sad conquered titan shoulders
      with an awful effort.

Oh God,
I didn't know that your sea had storms,
and at first I thought it was my soul that was boiling, was being
      churned up;
I thought that down there in its depths were stirring in ominous flight
      the dregs of so many centuries of human sadness
that its own misery was making it swell up like a tumescent carbuncle.
And it was you.

Thank you, thank you, my God;
you have wished to put dumb terror and reverence into my infantile soul,
and acute insomnia where there was sleep.
And you have succeeded.

Pudiste deshacerme en una llamarada.
Así los pasajeros del avión que el rayo ha herido,
funden en una sola luz vivísima la exhalación que mata y tu presencia
    súbita.
Pero, no, tú quisiste mostrarme los escalones, las moradas crecientes de
    tu terrible amor.
Apresura tu obra: ya es muy tarde.

Ya es hora, ya es muy tarde.
Acaba ya tu obra, como el rayo.
Desflécame, desfleca tu marea surgente, aviva, aviva su negro plomo,
rómpela en torres de cristal, despícala
en broncos maretazos
que socaven los rotos resalseros,
desmantela ciclópeos rompeolas, osados malecones,
rompe, destruye, acaba esta isla ignorante,
ensimismada
en sus flores, en sus palmeras, en su cielo,
en sus aldeas blancas y en sus tiernos caminos,
y barran su cubierta en naufragio tus grandes olas,
tus olas alegres, tus olas juveniles que sin cesar deshacen y crean,
tus olas jubilosas que cantan el himno de tu fuerza y de tu eternidad.
Sí, ámame, abrásame, deshazme.
Y sea yo isla borrada de tu océano.

You could have destroyed me in a blaze of flame.
That's how the passengers in the airplane struck by lightning
fuse into a single very bright light the deadly bolt and your sudden
     presence.
But no, you wanted to show me the upward way, the rising dwelling-
     places of your terrible love.
Hasten your work: it's already very late.

It's time now, it's already very late.
Finish your work now, like lightning.
Unravel me, unravel your surging tide, bring to life, bring to life its
     black lead,
break it up into crystal towers, chop it
into hoarse breakers
to undermine the worn lagoons,
dismantle the cyclopean breakwaters, the daring jetties,
break, destroy, abolish this ignorant island,
self-absorbed
in its flowers, in its palm trees, in its sky,
in its white villages, and in its life-filled trails,
and have your great waves sweep down its shipwrecked deck,
your gay waves, your youthful waves that ceaselessly destroy and create,
your jubilant waves that sing the hymn of your power and your eternity.
Yes, love me, burn me, destroy me.
And let me be an island erased from your ocean.

De profundis

Si vais por la carrera del arrabal, apartaos, no os inficione mi pestilancia.
El dedo de mi Dios me ha señalado: odre de putrefacción quiso que
    fuera este mi cuerpo,
y una ramera de solicitaciones mi alma,
no una ramera fastuosa de las que hacen languidecer de amor al príncipe,
sobre el cabezo del valle, en el palacete de verano,
sino una loba del arrabal, acoceada por los trajinantes,
que ya ha olvidado las palabras de amor,
y sólo puede pedir unas monedas de cobre en la cantonada.
Yo soy la piltrafa que el tablajero arroja al perro del mendigo,
y el perro del mendigo arroja al muladar.
Pero desde la mina de las maldades, desde el pozo de la miseria,
mi corazón se ha levantado hasta mi Dios,
y le ha dicho: Oh Señor, tú que has hecho también la podredumbre,
mírame,
yo soy el orujo exprimido en el año de la mala cosecha,
yo soy el excremento del can sarnoso,
el zapato sin suela en el carnero del camposanto,
yo soy el montoncito de estiércol a medio hacer, que nadie compra,
y donde casi ni escarban las gallinas.
Pero te amo,
pero te amo frenéticamente.
¡Déjame, déjame fermentar en tu amor,
deja que me pudra hasta la entraña,
que se me aniquilen hasta las últimas briznas de mi ser,
para que un día sea mantillo de tus huertos!

De Profundis

If you go down the high-road at the city's edge, stay away, don't let my
    plague infect you.
The finger of my God has marked me: a wineskin of corruption he
    wanted this my body to become,
and my soul a soliciting whore,
not a fancy whore of the sort that makes the prince languish with love
upon the hill in the valley, at the little summer palace,
but a slut at the edge of the city, kicked by those who pass by,
who has now forgotten the words of love
and can only beg for copper coins at the corner.
I am the scrap that the butcher throws to the beggar's dog,
and the beggar's dog throws on the dung hill.
But from the depths of iniquity, from the mine-shaft of misery,
my heart has raised itself up to my God,
and has said to him: Oh Lord, you who have created even putrefaction,
look at me:
I am the grape pulp squeezed out in the year of the bad harvest,
I am the excrement of the mangy dog,
the soleless shoe in the pit of the graveyard;
I am the little half-built pile of manure which nobody buys
and where even the chickens hardly scratch.
But I love you,
but I love you frenziedly.
Let me, let me ferment in your love,
let me rot even to my insides,
let me be annihilated even to the last bits of my being,
so that one day I may become humus for your gardens!

A la Virgen María

Como hoy estaba abandonado de todos,
como la vida
(ese amarillo pus que fluye del hastío,
de la ilusión que lentamente se pudre,
de la horrible sombra cárdena donde nuestra húmeda orfandad se
     condensa),
goteaba en mi sueño, medidora del sueño, segundo tras segundo,
como el veneno ya me llegaba al corazón,
mi corazón rompió en un grito,
y era tu nombre,
Virgen María, madre.

(30 años hace que no te invocaba).

No, yo no sé quién eres:
pero eres una gran ternura.
No sé lo que es la caricia de la primavera
cuando la siento subir como una turbia marea de mosto,
ni sé lo que es el pozo del sueño
cuando mis manos y mis pies con delicia se anegan,
y, hundiéndose, aún palpan el agua cada vez más humanamente
     profunda.

To the Virgin Mary

Because today I was abandoned by everyone,
since life
(that yellow pus that flows from boredom,
from hope that slowly rots,
from the horrible dark shadow in which our damp orphanhood
    condenses)
was dripping in my sleep, measuring my sleep, second after second,
since the poison was now reaching my heart,
my heart broke into a cry,
and it was your name,
Virgin Mary, mother,

(For 30 years I hadn't called upon you.)

No, I don't know who you are,
but you are a great tenderness.
I don't know what the caress of springtime is
when I feel it rise like a dark tide of fermenting wine,
nor do I know what the well of sleep is
when my hands and feet submerge in it delightfully,
and, plunging down, still feel the water getting humanly deeper and
    deeper.

Y los niños, ligados, sordos, ciegos,
en el materno vientre,
antes que por primera vez se hinche a la oscura llamarada del oxígeno
la roja flor gemela de sus pulmones,
así ignoran la madre,
protegidos por tiernas envolturas,
ciudades indefensas, pequeñas y dormidas
tras el alerta amor de sus murallas.

Y va y viene el fluído sigiloso y veloz de la sangre,
y viene y va la secretísima vena,
que trae íntimas músicas, señales misteriosas que conjuró el instinto,
y ellos
beben a sorbos ávidos, cada instante más ávidos, la vida,
aún sólo luz de luna sobre una aldea incógnita sumergida en el sueño,
y oscuramente sienten que son un calorcito, que son un palpitar,
que son amor, que son naturaleza,
se sienten bien,
arbolitos, del verano en la tarde, a la brisa,
bebiendo una ignorante sucesión de minutos,
de la tranquila acequia.
Así te ignoro, madre.

No, yo no sé quién eres, pero tú eres
luna grande de enero que sin rumor nos besa,
primavera surgente como el amor en junio,
dulce sueño en el que nos hundimos,
agua tersa que embebe con trémula avidez la vegetal célula joven,
matriz eterna donde el amor palpita,
madre, madre.

And babies, tied, deaf, blind,
in the maternal womb,
before for the first time the dark blaze of oxygen swells
the twin red flowers of their lungs,
are similarly ignorant of their mother,
protected as they are by soft wrappings,
defenseless cities, small and asleep
behind the alert love of their walls.

And it comes and goes, the stealthy swift flow of the blood,
and the most secret spring comes and goes,
bringing intimate music, mysterious signals conjured up by instinct,
and they
with avid sucking, more and more avid, drink in life,
which is still only moonlight upon an unknown village submerged in
        sleep,
and they feel obscurely that they are a bit of warmth, a palpitation,
that they are love, are nature,
they feel good,
little trees, on a summer afternoon, in the breeze,
drinking in an ignorant succession of minutes
from the quiet irrigation ditch.
Thus I am ignorant of you, mother.

No, I don't know who you are, but you are
full January moonlight that soundlessly kisses us,
a surging springtime like love in June,
a sweet sleep into which we plunge,
clear water drunk in with trembling eagerness by the young vegetable
        cell,
an eternal matrix where love throbs,
mother, mother.

No, no tengo razón.
Cerraré, cerraré, como al herir la aurora pesadillas de bronce,
la puerta del espanto,
porque fantasmas eran, son, sólo fantasmas,
mis interiores enemigos,
esa jauría, de carlancas híspidas,
que yo mismo, en traílla, azuzaba frenético
hacia mi destrucción,
y fantasmas también mis enemigos exteriores,
ese friso de bocas, ávidas ya de befa
que el odio encarnizaba contra mí,
esos dedos, largos como mástiles de navío,
que erizaban la lívida bocana de mi escape,
esas pezuñas, que tamborileaban a mi espalda, crecientes, sobre el llano.

Hoy surjo, aliento, protegido en tu clima,
cercado por tu ambiente,
niño que en noche y orfandad lloraba
en el incendio del horrible barco, y se despierta
en una isla maravillosa del Pacífico,
dentro de un lago azul, rubio de sol,
dentro de una turquesa, de una gota de ámbar
donde todo es prodigio:
el aire que flamea como banderas nítidas sus capas transparentes,
el sueño invariable de las absortas flores carmesíes,
la pululante pedrería, el crujir, el bullir de los insectos como átomos del
        mundo en su primer hervor,
los grandes frutos misteriosos
que adensan en perfume sin tristeza los zumos más secretos de la vida.

¡Qué dulce sueño, en tu regazo, madre,
soto seguro y verde entre corrientes rugidoras,
alto nido colgante sobre el pinar cimero,
nieve en quien Dios se posa como el aire de estío, en un enorme
        beso azul,
oh tú, primera y extrañísima creación de su amor!

No, I am wrong.
I shall close, as when dawn strikes the brazen nightmares,
close the door on horror,
because they were, are, ghosts, only ghosts,
my inner enemies,
that pack, with bristling collars,
which I myself, holding a leash, urged on frenziedly
toward my destruction,
and also ghosts my outside enemies,
that frieze of mouths, eager for the ridicule
which hatred was stirring up against me,
those fingers, long like the masts of ships,
standing stiff around my livid escape hole,
those hooves that beat increasingly behind me, upon the plain.

Today I arise, I breathe, protected by your climate,
surrounded by your atmosphere,
a baby that cried as an orphan in the night
during the fire on the awful ship, and he wakes up
on a wonderful island in the Pacific,
inside a blue lake, bright with sunshine,
inside a turquoise, a drop of amber
where everything is prodigious:
the air that waves, like bright banners, its transparent layers,
the unchanging sleep of the intense crimson flowers,
the pullulating gems, the crunching and boiling of insects like the world's
      atoms when they first stirred,
the great mysterious fruits
that concentrate into perfume without sadness the most secret juices
      of life.

How sweet a sleep, in your bosom, mother,
a secure green grove in the midst of roaring streams,
a high nest hanging upon the pinegrove on the peak,
snow upon which God alights like summer air, in an enormous blue kiss,
oh you, the first and most remarkable creation of his love!

...Déjame ahora que te sienta humana,
madre de carne sólo,
igual que te pintaron tus más tiernos amantes,
déjame que contemple, tras tus ojos bellísimos,
los ojos apenados de mi madre terrena,
permíteme que piense
que posas un instante esa divina carga
y me tiendes los brazos,
me acunas en tus brazos,
acunas mi dolor,
hombre que lloro.

Virgen María, madre,
dormir quiero en tus brazos hasta que en Dios despierte.

. . . Let me now perceive you as human,
just a mother of flesh and blood,
just as you were depicted by those who loved you most tenderly;
let me look, behind your most lovely eyes,
at the sorrowful eyes of my own earthly mother;
let me imagine
that you lay down for an instant that divine burden
and hold out your arms to me,
cradle me in your arms,
cradle my sorrow,
a man who is weeping.

Virgin Mary, mother,
I want to sleep in your arms until I awake in God.

Dedicatoria final (Las alas)

Ah, pobre Dámaso,
tú, el más miserable, tú el último de los seres,
tú, que con tu fealdad y con el oscuro turbión de tu desorden, perturbas
     la sedeña armonía
del mundo,
dime,
ahora que ya se acerca tu momento
(porque no hay ni un presagio que ya en ti no se haya cumplido),
ahora que subirás al Padre,
silencioso y veloz como el alcohol bermejo en los termómetros,
¿cómo has de ir con tus manos estériles?
¿qué le dirás cuando en silencio te pregunte qué has hecho?

Yo le diré: "Señor, te amé. Te amaba
en los montes, cuanto más altos, cuanto más desnudos,
allí donde el silencio erige sus verticales torres sobre la piedra,
donde la nieve aún se arregosta en julio a los canchales,
en el inmenso circo, en la profunda copa, llena de nítido cristal, en
     cuyo centro
un águila en enormes espirales se desliza
como una mota que en pausado giro
desciende por el agua
del transparente
vaso:
allí
me sentía más cerca de tu terrible amor, de tu garra de fuego.

Final Dedication (The Wings)

Ah, poor Dámaso,
you, the most wretched, you the last of beings,
you, who with your ugliness and the dark whirl of your disorder
disturb the silky harmony
of the world,
tell me,
now that your moment draws near
(for there is not even one omen that hasn't been fulfilled in you),
now that you will go up to the Father,
swiftly and silently like the red alcohol in a thermometer,
how can you go there with your sterile hands?
what will you tell him when in silence he asks you what you have done?

I will tell him: "Lord, I have loved you. I loved you
in the mountains, as high and as stark as possible,
there where silence erects its vertical towers upon stone,
where snow still in July lingers in the crevices,
in the immense panorama, in the deep goblet, full of shining water, at
the center of which
an eagle in enormous spirals glides
like a speck which slowly swerving
descends through the water
of the transparent
glass:
there
I felt myself closer to your terrible love, your fiery claw.

Y te amaba en la briznilla más pequeña,
en aquellas florecillas que su mano me daba,
tan diminutas que sólo sus ojos inocentes,
aquellos ojos, anteriores a la maldad y al sueño,
las sabían buscar entre la hierba,
florecillas tal vez equivocadas en nuestro suelo, demasiado grande,
quién sabe si caídas de algún planeta niño.
Ay, yo te amaba aún con más ternura en lo pequeño."

"Sí — te diré — , yo te he amado, Señor."
Pero muy pronto
he de ver que no basta, que tú me pides más.
Porque, ¿cómo no amarte, oh Dios mío?
¿Qué ha de hacer el espejo sino volver el rayo que le hostiga?
La dulce luz refleja, ¿quién dice que el espejo la creaba?
Oh, no; no puede ser bastante.
Y como fina lluvia batida por el viento a fines de noviembre,
han de caer sobre mi corazón
las palabras heladas: "Tú, ¿qué has hecho?"

¿Me atreveré a decirte
que yo he sentido desde niño
brotar en mí, no sé, una dulzura torpe,
una venilla de fluído azul,
de ese matiz en que el azul se hace tristeza,
en que la tristeza se hace música?
La música interior se iba en el aire, se iba a su centro de armonía.
Algunas veces (¡ah, muy pocas veces!:
cuando apenas salía de la niñez; y luego en el acíbar de la juventud; y
    ahora que he sentido los primeros manotazos del súbito orangután
    pardo de mi vejez),
sí, algunas veces
se quedaba flotando la dulce música,
y, flotando, se cuajaba en canción.
Sí: yo cantaba.

And I loved you in the smallest fiber,
in those tiny flowers that her hand used to give me,
so diminutive that only her innocent eyes,
those eyes, prior to evil and to sleepiness,
knew how to look for them in the grass,
tiny flowers perhaps gone astray on our earth, which is too big,
maybe fallen from some baby planet.
Oh, I loved you even more tenderly in what was small."

"Yes," I'll tell you, "I have loved you, Lord."
But very soon
I will see that it isn't enough, that you demand more of me.
For how could I help loving you, my God?
What is the mirror to do but return the ray that strikes it?
This sweet reflected light — who claims that the mirror created it?
Oh no, it can't be enough.
And like a fine rain whipped by the wind at the end of November,
there will fall upon my heart
these icy words: "You, what have you done?"

Will I dare tell you
that I have felt ever since childhood
springing up within me, I don't know, a certain slow sweetness,
a little stream of blue fluid,
of that color in which blue becomes sadness,
in which sadness becomes music?
This inner music would go away into the air, would go away to the
    center of its harmony.
Sometimes (oh very seldom!
when I was just beyond childhood: and later in the bitterness of youth;
    and now when I have felt the first buffets of the sudden dark
    orangutan of my old age),
yes, sometimes
the sweet music stayed floating there,
and, as it floated, it jelled into song.
Yes: I sang.

159

"Y aquí — diré —, Señor, te traigo mis canciones.
Es lo que he hecho, lo único que he hecho.
Y no hubo ni una sola
en que el arco y al mismo tiempo el hito
no fueses tú.

Yo no he tenido un hijo,
no he plantado de viña la ladera de casa,
no he conducido a los hombres
a la gloria inmortal o a la muerte sin gloria,
no he hecho más que estas cancioncillas:
pobres y pocas son.

Primero aquellas puras (¡es decir, claras, tersas!)
y aquellas otras de la ciudad donde vivía.
Al vaciarme de mi candor de niño,
yo vertí mi ternura
en el librito aquel, igual
que en una copa de cristal diáfano.

Luego dormí en lo oscuro durante muchas horas,
y sólo unos instantes
me desperté
para cantar el viento, para cantar el verso,
los dos seres más puros
del mundo de materia y del mundo de espíritu.

Y al cabo de los años llegó por fin la tarde,
sin que supiera cómo,
en que cual una llama
de un rojo oscuro y ocre,
me vino la noticia,
la lóbrega noticia
de tu belleza y de tu amor.
                              ¡Cantaba!

"And here," I will say, "Lord, I bring you my songs.
This is what I have done, the only thing I've done.
And there hasn't been even a single song
in which the bow, and at the same time the bulls-eye,
        wasn't you.

I haven't had a son,
I haven't planted a vineyard on the slope of my house,
I haven't led men
to immortal glory or to death without glory,
I have done nothing except write these little songs:
only a few poor things.

First those pure ones (that is, clear, bright!)
and those others of the city where I lived.
As I emptied myself of my childhood candor,
I poured my tenderness
into that little book, the same
as into a goblet of diaphanous crystal.

Then I slept in the dark for many hours,
and for only a few instants
I woke up
to sing of the wind, to sing of verse,
the two purest beings
in the world of matter and in the world of spirit.

And after many years the evening came at last,
without my knowing how,
on which, like a flame
or a dark, ochre red,
I received the news,
the somber news
of your beauty and your love.
                              I sang!

¡Rezaba, sí!
Entonces
te recé aquel soneto
por la belleza de una niña, aquel
que tanto
te emocionó.
Ay, sólo después supe
— ¿es que me respondías? —
que no era en tu poder quitar la muerte
a lo que vive:
ay, ni tú mismo harías que la belleza humana
fuese una viva flor sin su fruto: la muerte.
Pero yo era ignorante, tenía sueño, no sabía
que la muerte es el único pórtico de tu inmortalidad.

Y ahora, Señor, oh dulce Padre,
cuando yo estaba más caído y más triste,
entre amarillo y verde, como un limón no bien maduro,
cuando estaba más lleno de náuseas y de ira,
me has visitado,
y con tu uña,
como impasible médico
me has partido la bolsa de la bilis,
y he llorado, en furor, mi podredumbre
y la estéril injusticia del mundo,
y he manado en la noche largamente
como un chortal viscoso de miseria.
Ay, hijo de la ira
era mi canto.
Pero ya estoy mejor.
Tenía que cantar para sanarme.

Yo te he rezado mis canciones.
Recíbelas ahora, Padre mío.
Es lo que he hecho.
Lo único que he hecho."

I prayed, yes!
Then was when
I prayed to you that sonnet
for the beauty of a girl, that one
that moved you
so much.
Alas, it was only later that I found out
—were you replying to me?—
that it wasn't in your power to take death away
from what lives:
alas, not even you yourself would make human beauty
be a living flower without its fruit: death.
But I was ignorant, I was sleepy, I didn't know
that death is the only doorway to your immortality.

And now, Lord, oh sweet Father,
after I reached my lowest and saddest point,
in between yellow and green, like a lemon not quite ripe,
after I was full of nausea and of wrath,
you have visited me,
and with your fingernail,
like an impassive doctor,
you have broken my sac of bile,
and I have wept, furiously, for my putrifaction
and the sterile injustice of the world,
and I have oozed in the night for a long time
like a viscous fount of misery.
Alas, a child of wrath
was my song.
But now I'm better.
I had to sing to get well.

I have prayed my songs to you.
Receive them now, my Father.
It is what I have done.
The only thing I've done."

Así diré.
Me oirá en silencio el Padre,
y ciertamente
que se ha de sonreír.
Sí, se ha de sonreír, en cuanto a su bondad, pero no en cuanto
a su justicia.
Sobre mi corazón,
como
cuando quema los brotes demasiado atrevidos el enero,
caerán estas palabras heladas:
"Más. ¿Qué hiciste?"

Oh Dios,
comprendo,
yo no he cantado:
yo remedé tu voz cual dicen que los mirlos remedan
la del pastor paciente que los doma.

That's what I'll say.
The Father will hear me in silence,
and certainly
he is going to smile.
Yes, he's going to smile, with respect to his goodness, but not with respect
to his justice.
Upon my heart,
as when
January scorches the sprouts which are too foolhardy,
will fall these icy words:
"More. What have you done?"

Oh God,
I understand,
I haven't sung;
I imitated your voice as they say blackbirds imitate
the voice of the patient shepherd who trains them.

...Y he seguido en el sueño que tenía.
Me he visto vacilante,
cual si otra vez pesaran sobre mí
80 kilos de miseria orgánica,
cual si fuera a caer
a través de planetas y luceros,
desde la altura
vertiginosa.
...¡Voy a caer!
Pero el Padre me ha dicho:
"Vas a caerte,
abre las alas."
¿Qué alas?
Oh portento, bajo los hombros se me abrían
dos alas,
fuertes, inmensas, de inmortal blancura.
Por debajo, ¡cuán lentos navegaban los orbes!
¡Con qué impalpable roce me resbalaba el aire!
Sí, bogaba, bogaba por el espacio, era
ser glorioso, ser que se mueve en las tres dimensiones de la dicha,
un ser alado.

Eran aquellas alas
lo que ya me bastaba ante el Señor,
lo único grande y bello
que yo había ayudado a crear en el mundo.

. . . And I went on with the dream I was having.
I saw myself vacillating,
as though once again I were being weighed down
by 170 pounds of organic misery,
as though I were about to fall
through planets and stars
from that vertiginous
height.
. . . I'm going to fall!
But the Father said to me:
"You are going to fall,
open your wings."
What wings?
Oh remarkable, under my shoulders were opening up
two wings,
strong, immense, of immortal whiteness.
Down below, how slowly the worlds sailed along!
With how impalpably light a touch the air slipped by me!
Yes, I was flying, flying through space, I was
a glorious being, a being that moves in the three dimensions of happiness,
a winged being.

Those wings were
what now justified me before the Lord,
the only things great and beautiful
that I had helped to create in the world.

Y eran
aquellas alas vuestros dos amores,
vuestros amores, mujer, madre.
Oh vosotras las dos mujeres de mi vida,
seguidme dando siempre vuestro amor,
seguidme sosteniendo,
para que no me caiga,
para que no me hunda en la noche,
para que no me manche,
para que tenga el valor que me falta para seguir viviendo,
para que no me detenga voluntariamente en mi camino,
para que cuando mi Dios quiera gane la inmortalidad a través de
    la muerte,
para que Dios me ame,
para que mi gran Dios me reciba en sus brazos,
para que duerma en su recuerdo.

And those wings
were your two loves,
your loves, wife, mother.
Oh you, the two women in my life,
keep on giving me your love always,
keep on sustaining me,
so that I don't fall,
so that I don't plunge down into the night,
so that I don't get dirty,
so that I can have the courage I lack to go on living,
so that I don't halt voluntarily along the way,
so that when my God wills, I can win immortality through death,
so that God will love me,
so that my great God will receive me into his arms,
so that I may sleep in his memory.